Ever After High™

Le Merveilleux Pays des Merveilles

Pour Tessa,
Ellie et Kira
Nièces des Merveilles toujours prêtes !

Illustrations de couverture : © 2014, Mattel.
Cover art by Antonio Javier Caparo

Adapté de l'anglais (États-Unis) par Natacha Godeau

L'édition originale de cet ouvrage a paru en langue anglaise chez Little, Brown and Company, a division of Hachette Book Group, Inc., sous le titre :
Ever After High : A Wonderlandiful World

Hachette Livre, 43 quai de Grenelle, 75015 Paris.

Ever After High

Le Merveilleux Pays des Merveilles

SHANNON HALE

Adapté de l'anglais (États-Unis)
par Natacha Godeau

hachette

Principaux élèves d'EVER AFTER HIGH

(par ordre d'apparition dans le texte)

Raven Queen : Elle est la fille de la Méchante Reine dans *Blanche-Neige* (« Evil Queen », en anglais). Malgré son prénom qui signifie « corbeau », elle refuse de devenir maléfique comme sa mère.

Cedar Wood : Alors que son père Pinocchio a le nez qui s'allonge quand il ment, Cedar ne peut dire que la vérité.

Apple White : Nommée d'après la pomme (« apple ») qui a failli causer la mort de sa mère, c'est la digne héritière de la belle Blanche-Neige (« Snow White »).

Briar Beauty : Briar est la fille de la Belle au Bois Dormant (« Sleeping Beauty »). C'est la meilleure amie d'Apple, et elle non plus ne ressemble pas à son prénom qui signifie « aubépine, ronces ».

Madeline Hatter : Maddie est aussi folle que son père, le Chapelier Fou (« Mad Hatter ») du Pays des Merveilles. C'est la meilleure amie de Raven.

Hopper Croakington : Le fils du Prince Crapaud déteste qu'on lui trouve un physique de grenouille. Lui aussi porte mal son nom car il ne bondit pas (« to hop ») et ne coasse pas (« to croak »).

Sparrow Hood : C'est bien normal d'être chanteur avec un tel prénom (« sparrow » signifie « moineau »). Il porte le même chapeau vert que son père Robin des bois (« Robin Hood »).

Ashlynn Ella : la fille de Cendrillon (« Cinderella ») est devenue riche mais a toujours peur de retourner à une vie pauvre et grise comme la cendre (« ash »).

Holly O'Hair : Aucun doute, c'est la fille de Raiponce ! Holly est facilement reconnaissable à son immense chevelure (« hair »).

Duchess Swan : Duchess est une jeune fille gracieuse à l'allure de danseuse. De sa mère, elle a hérité la capacité à se transformer en cygne (« swan »).

Lizzie Hearts : Lizzie sait se faire entendre ! Nul doute qu'elle fera une tonitruante Reine de Cœur (« heart ») au Pays des Merveilles.

Blondie Lockes : « Boucles blondes » est la fille de Boucles d'Or (« Goldilocks »).

Cerise Hood : Cerise est la fille du Petit Chaperon Rouge (« Red Riding Hood »), toujours cachée sous sa cape (« hood ») rouge.

Hunter Huntsman : Il est le fils du célèbre chasseur qui a refusé de tuer Blanche-Neige et sauve le Petit Chaperon Rouge. « To hunt » signifie « chasser » en anglais.

Daring Charming : Daring, lui, porte bien son prénom : il est le fils aîné, hardi et audacieux, du célèbre Prince Charmant (« charming ») devenu roi.

Dexter Charming : Dexter (son vrai prénom est Dexterous, qui veut dire « adroit, habile ») est le jeune frère, moins charmant mais plus rusé, de Daring Charming.

Kitty Cheshire : Descendante du célèbre Chat du Cheshire du Pays des Merveilles, Kitty peut disparaître et réapparaître où bon lui semble.

C. A. Cupid : La petite nouvelle d'Ever After High n'est autre que la fille d'Éros, qu'on appelle aussi Cupidon.

PROLOGUE

De sombre présage !

COMBIEN D'ANNÉES LE PRODIGIEUX JABBERWOCKY avait-il passées dans la pénombre somnolente de la Li Cairn, cette minuscule prison de verre scintillant ? Privé là-dedans de la lumière du soleil, du tic-tac de l'horloge et de sommeil, c'était impossible à évaluer. Mais à l'instant pile où sa cage fut brisée par accident, le Jabberwocky s'en échappa.

Il fila se pelotonner dans les montagnes, décidé à dormir le temps qu'il faudrait. Un repos salutaire, restituant toute sa force à son effroyable et gigantesque carcasse.

Et puis, il y eut ce fracas de verre.

Pas du verre ordinaire. Ni une autre Li Cairn, non : quelque part venait d'exploser un Miroir Magique d'une fabuleuse puissance. Le vacarme transperça Ever After comme une volée de flèches, s'insinuant au plus profond des Montagnes Noires où somnolait la bête. Il la secoua. Troubla son sommeil...

Réveillé beaucoup trop tôt à son goût, le Jabberwocky poussa un hurlement de protestation. Les arbres alentour tremblèrent, ployèrent et se fendirent, mais ils tremblèrent, ployèrent et se fendirent de façon on ne peut plus ordinaire. Tout ici respirait la banalité, et la fadeur de cette normalité exaspéra le Jabberwocky.

Puisqu'il en était ainsi, Ever After connaîtrait son courroux. La bête châtierait les roches, les mers et la terre elle-même de n'être pas aussi merveillationnelles que son pays natal !

Mais d'abord, il lui faudrait se nourrir, car le Jabberwocky était af-fa-mé...

CHAPITRE 1

DANS LE DOUTE, HURLE !

LIZZIE HEARTS, PRINCESSE DE CŒUR, FILLE de la Reine de Cœur, héritière du trône du Château de Cartes du Pays des Merveilles, capitaine de l'équipe de croquet d'Ever After High, et fan absolue de hérissons, brandit un couteau. Il était tout juste assez aiguisé pour qu'on hurle : « Qu'on lui coupe le beurre ! » Oui, Lizzie aurait pu trancher la tête d'un petit bonhomme de beurre, avec ça... À condition toutefois que ce genre de bonhomme existe.

— Pitié, ne me dis pas que tu emportes un couteau à beurre ?

Duchess Swan pirouettait à travers la chambre. La fille de la Reine des Cygnes dansait sans cesse.

Même dans son sommeil, ses pieds faisaient les pointes.

Vite, Lizzie cacha le couteau dans la poche de sa jupe à losanges rouges et or. Ses joues s'empourprèrent. Au Pays des Merveilles, avoir sur soi un couteau à beurre était indispensable : on risquait toujours d'avoir à s'en servir quelque part. Mais ce qui était des plus sensés là-bas apparaissait des plus insensés à Ever After... et Lizzie se sentait souvent aussi désemparée qu'une nuée de chauves-souris en plein midi.

— C'est une *sortie de classe*, reprit Duchess en exécutant quelques pliés.

Elle fourra dans son sac à dos un diadème d'argent, une robe brodée de plumes et une paire de chaussons de ballet en satin noir, avant d'ajouter :

— Tu ignores donc de quoi on a besoin pour ce genre de sortie ? Moi, je...

Déjà, Lizzie ne l'écoutait plus. Sa mère lui avait enseigné toute l'importance du Ne-plus-écouter, pour une souveraine. La main toujours dans la poche de sa jupe, elle saisit son précieux jeu de cartes. La Reine de Cœur le lui avait offert juste avant que Lizzie sorte du Pays des Merveilles en compagnie de Kitty Cheshire et de Madeline Hatter. Lizzie piocha une carte et lut le précepte inscrit par sa mère :

♥

N'importe quel vermisseau peut parler,
Mais aucun n'égale notre royauté.
Ne perds pas ton temps en charabia vain,
Avec ces vermisseaux d'êtres humains.
Savoir Ne-plus-écouter aujourd'hui,
T'épargnera le plus cruel ennui.

♥

Chaque carte délivrait un conseil destiné à faire de Lizzie la meilleure souveraine possible. Des informations sur la marche du monde tel qu'il était – ou tel qu'il *aurait dû* être – complétaient parfois le message. Et bien que Lizzie ait fréquenté Ever After High depuis un certain temps déjà, elle ne parvenait à comprendre l'agaçante étrangeté de l'aspect raisonnable des codes du lycée. Comme ce qu'il convenait d'emporter en sortie de classe, par exemple...

— ... une plume ! Non mais, tu t'imagines un peu ?! s'exclama Duchess.

Elle brossait ses longs cheveux noirs, blancs et mauves. Lizzie leva la main pour lui imposer le silence.

— Et elle n'était même pas blanche, hein ! continua cependant Duchess. On aurait juré qu'elle était colorée avec une sorte de...

— *Qu'on lui coupe la tête !* hurla soudain Lizzie.

Duchess s'interrompit, sidérée.

— Parle-moi plutôt de la sortie de classe, réclama alors la princesse de Cœur.

Une autre des cartes de sa mère recommandait :

♥

N'admets jamais, jamais, jamais, jamais,
Ton ignorance, et à aucun sujet,
Car tu détiens la connaissance entière.
Tout au plus, peux-tu parfois oublier
Un très léger détail en la matière,
Ce que, non plus, tu n'admettras jamais.

♥

Lizzie s'empressa donc de préciser :

— Évidemment, je sais ce que nous a expliqué le directeur Grimm : où on va, et pourquoi. Mais je veux vérifier que tu le sais, toi aussi. Il ne s'agit pas d'une simple balade au soleil... n'est-ce pas ?

Duchess poussa un soupir avant de répondre :

— On part en Expédition Venteuse chez le Vent du Nord. Chaque année, on rend visite à l'un des Quatre Vents. L'an dernier, c'était le Vent d'Ouest, au bord de la mer, tu te rappelles ?

Oh, ça, Lizzie s'en souvenait ! Le Vent d'Ouest en lui-même ne lui avait pas trop déplu, bien qu'il ait la fâcheuse tendance de surnommer tout le monde « mon gars ». Il ne ressemblait pas au vent tel qu'on se le représente habituellement. C'était juste un homme en maillot de bain, dont les cheveux bleus flottaient dans une petite brise personnelle. En revanche, la partie « récréation » de l'excursion donnait encore le frisson à la jeune fille...

Les élèves avaient enfilé leur maillot de bain. Ils entraient et sortaient de l'eau en courant, s'amusaient à lancer un ballon par-dessus un filet... comme si tout cela avait été parfaitement normal. Lizzie, quant à elle, était demeurée assise sur le sable, transpirant dans sa grande cape bordée de plumes de flamants roses. Si elle avait demandé à quelqu'un ce que l'on est censé faire sur une plage d'Ever After, on aurait aussitôt découvert qu'elle ne savait pas tout sur tout – et n'était pas prête à devenir Reine de Cœur. Elle aurait déçu sa mère, comme le Pays des Merveilles. Elle n'avait pas eu d'autre choix que de rester assise à transpirer, drapée dans toute sa majesté.

Elle considérait à présent sa cape de plumes, se demandant si elle devait l'emporter ou non, tandis que Duchess continuait :

— Il s'appelait Zephyrus. Qu'est-ce qu'il était chou, pour un Vent ! Je me disais justement que Zephyrus serait un nom parfait, pour mon Prince Destiné. Ou Ryan, peut-être.

Lizzie se prépara à Ne-plus-écouter... mais découvrit qu'elle n'en avait même plus l'énergie.

— Tiens ? Il me semble avoir entendu un hérisson appeler au secours ! s'écria-t-elle brusquement.

D'une démarche royale, menton haut, lèvres serrées, elle gagna la porte ciselée en forme de cœur, qui donnait sur son côté de la chambre. La porte était juste à sa hauteur et, au vif agacement de Duchess, Lizzie était la seule à pouvoir l'emprunter. Mais Duchess ne pouvait s'en plaindre : la porte avait été installée sur permission spéciale du directeur Grimm.

— Je te demande pardon ? s'indigna Duchess. Tu m'as interrompue au beau milieu de ma phrase !

— Pardon accepté, répliqua Lizzie.

Et elle claqua la porte derrière elle.

Au début, elle déboucha dans un néant glacial. Sa peau laiteuse se couvrit de chair de poule tandis qu'elle attendait la magie. Puis, le temps d'une inspiration, un filet de brume au parfum de miel s'éleva, s'enroula sur lui-même et s'enfuit d'une traite. Derrière Lizzie, la porte flottait dans le vide. Et la princesse fut transportée dans son jardin personnel, à la frontière du lycée.

Lizzie relâcha son souffle. Elle se sentit aussitôt détendue, de sa lourde couronne d'or à la pointe de ses souliers rouges à talon doré. L'air, au Square des Merveilles, embaumait la végétation du Pays des Merveilles. Une senteur végétale qui exhalait le chewing-gum humide, le soda frais, et la pâtisserie orientale entamée. Lizzie s'engagea sur le sentier au gravier de cristal qui serpentait entre des rangées de parterres de fleurs bien ordonnés, de buissons méticuleusement taillés, et d'arbres parfaitement sculptés. Comme pour les saluer, elle effleura du bout des doigts chaque spécimen qu'elle avait planté et soigné. Ever After affaiblissait leurs pouvoirs – ainsi, le champignon à pois jaunes qui poussait entre les racines des arbres ne pouvait ni vous faire grandir, ni vous faire rapetisser – mais ils avaient l'aspect et la fragrance de son chez-elle. Lizzie ferma les yeux. Ici, au moins, personne ne surveillait son comportement de parfaite future Reine de Cœur...

Un petit cri grinçant déchira soudain l'atmosphère. Lizzie courut au cabanon où elle rangeait ses outils de jardin, ses accessoires de croquet, et ses dizaines de paquets de cartes de rechange. Shuffle, la hérissonne domestique de la princesse, se retenait par une patte au bord du toit de la maisonnette. Lizzie la rattrapa. Shuffle tremblait de terreur. Elle caressa ses piquants.

— On dirait que j'avais raison, finalement : un hérisson avait bien besoin d'aide ! Comment t'es-tu retrouvée là-haut, Shufflinette ?

La hérissonne ne répondit pas. Pour ce que Lizzie

en savait, et elle en savait un rayon question hérisson, ces charmants animaux n'avaient pas le don de la parole à Ever After. Au Pays des Merveilles, un hérisson, ou n'importe quoi d'autre, pouvait fort bien parler un jour, puis plus le lendemain... mais il pouvait parler. En revanche à Ever After, les choses demeuraient conformes à elles-mêmes. Peu de changement. Peu de bavardage (Duchess étant l'exception qui confirme la règle). Lizzie se borna donc à imaginer les remerciements de Shuffle, son débordement d'amour envers elle, puis la recette de tourte à la guimauve citronnée qu'elle ne manquerait pas de lui révéler en guise de gratitude.

— *Grumph !* grogna Shuffle.

Lizzie sourit.

— *Grumph !* rétorqua-t-elle de la même façon.

— *Cui !* intervint alors un moineau, perché sur le toit du cabanon.

Un pinson se posa près de lui en pépiant à son tour :

— *Cui !*

Et le moineau opina, lorsqu'un rouge-gorge arriva à tire-d'aile.

— *Cui !*

— Désolée, je ne parle pas le cui-cui, s'excusa Lizzie.

— *CUI !* lancèrent les trois oiseaux à l'unisson.

Lizzie agita la main dans leur direction, pour les disperser.

— Allez, zou ! Filez !

Le moineau inclina la tête. Elle grommela :

— Je n'ai rien de particulier contre les oiseaux, mais il se trouve qu'à Ever After, vous avez la fâcheuse habitude d'annoncer la venue de créatures plus encombrantes, et plus enquiquineuses que vous...

Au loin, à la frontière entre le Square des Merveilles et le lycée, une voix héla en effet :

— Lizzie !

— Voilà exactement ce dont je parlais, soupira la princesse.

Apple White, coprésidente du Conseil des Élèves Royals, accourait vers elle sur ses improbables talons rouge et or. Tout comme Lizzie, Apple était destinée à régner. Mais Apple était une *gentille*, elle, ce qui mettait toujours Lizzie mal à l'aise... La Reine de Cœur ne lui avait-elle pas enseigné ce que l'on attend d'une reine digne de son titre ?

♥

En cas de faiblesse, une reine se dresse
Et hurle plus que son lot,
Car elle est son propre écho.
Elle est ce qui se dresse

Entre l'être et le perçu,
Qu'elle repousse à dia et à hue.
Elle se dresse pour elle-même,
Par elle-même, sur ses jambes même
Qui lui permettent de se dresser,
Au contraire de quatre pattes et quatre pieds.
Pour son Pays des Merveilles, elle se dresse,
Car sans pays où se poser, elle ne saurait se tenir dressée
Comme à une reine il sied,
Puisqu'une reine doit sans cesse se redresser,
Hurler et repousser.

♥

— Lizzie ! répéta Apple en agitant la main.

Lizzie connaissait son prénom, merci ! Le lui seriner était inutile... à moins qu'il s'agisse encore d'une coutume bizarre d'Ever After ? Elle décida de la respecter, par égard pour les Afteriens.

— Apple ! s'égosilla Lizzie en regardant sa camarade arriver jusqu'à elle.

— Ah ! fit Apple, aucune trace de sueur sur le front, ses impeccables boucles blondes encadrant ses joues rebondies et son sourire franc.

— Apple ! cria de nouveau Lizzie.

— Heu... oui, répondit son amie, manifestement gênée par quelque chose.

Mais Lizzie jugea que cela ne valait pas la peine d'y prêter attention et ajouta pour la juste mesure :

— Apple !

Celle-ci tendit l'index. Le pinson voleta s'y percher, tandis que le moineau et le rouge-gorge se posaient chacun sur une épaule.

— Je t'ai cherchée dans ta chambre, Lizzie, mais tu n'y étais pas, lança-t-elle. Et Duchess n'a rien voulu me dire.

— Duchess ne t'a *rien dit* ? ironisa la princesse de Cœur. Quel scoop !

Apple pouffa.

— Oui, mais là, elle ne m'a rien dit au sujet d'où tu te trouvais. Pour le reste, je n'ai pas vraiment écouté...

Lizzie approuva de la tête. La mère d'Apple avait dû enseigner à sa fille l'art royal du Ne-plus-écouter... Après tout, Apple lui ressemblait peut-être plus qu'elle ne le pensait.

— J'ai donc envoyé mes charmants amis les petits oiseaux à ta recherche, reprit Apple. J'ai une proposition superlifique à te faire, l'occasion unique de te rapprocher du corps étudiant et de te rendre supra-utile tout en vivant une expérience féerique de partage !

D'accord, retour à la case départ pour Lizzie : Apple ne lui ressemblait pas du tout.

— Trop occupée, refusa-t-elle.

Apple embrassa le Square d'un regard extasié.

— Quel endroit fantastique ! Combien d'espèces cultives-tu ?

— Vingt-deux, se radoucit malgré elle Lizzie. Si tu comptes les deux sortes de Baies Changeantes, les trois différents Mervhodendrons, et les sous-espèces carnivores de Gobe-fées de Vénus...

Apple se pencha sur un buisson de Baies Changeantes, bluffée par les incessantes variations de couleurs des fruits.

— Tu devrais montrer ce jardin, Lizzie. Les gens auraient une image plus juste de toi.

— Pourquoi ? Ils me voient comment ?

— Oh, eh bien... comme une hurleuse ultra-autoritaire qui veut couper des têtes à tout bout de champ, résuma Apple en caressant les feuilles velues d'un Mervhodendron violet.

Lizzie jugea cette image conforme, au contraire. Elle s'en sortait bien, quant à son Destin Tout Tracé, car les livres du Pays des Merveilles décrivaient la Reine de Cœur comme un despote à la voix de stentor. Mais alors... pourquoi cette pensée lui donnait-elle la sensation d'être un pauvre chaton abandonné de tous ?

— Tu es plus douce que cela, Lizzie ! poursuivit Apple en respirant le parfum d'une campanule à six têtes. Il faut avoir du cœur et de la patience, pour entretenir un jardin aussi fabuleux. Ton vrai toi s'épanouit parmi ces fleurs !

Vrai toi ?! Lizzie avait clairement baissé sa garde, pour qu'Apple profère une chose pareille ! Se sentant soudain trop exposée et Pas-Assez-Parfaite, la princesse de Cœur afficha sa mine de reine.

— Je n'ai pas le temps de me soucier de ces « entraide-partage » dans lesquels tu souhaites m'entraîner. Et pas la peine d'essayer de me flatter en admirant mon Square, parce que je ne...

— Oh, des hérissons ! bêtifia Apple. Tu as de trognons petits hérissons dans ton jardin !

Lizzie en prit un dans ses bras et commença à le caresser avant de s'arrêter brusquement, de peur d'apparaître trop douce.

— Ils font d'excellents projectiles, se hâta-t-elle d'ajouter.

Et elle lança le hérisson sur la paroi du cabanon. Les hérissons du Pays des Merveilles sont quasiment indestructibles, côté piquants. C'est d'ailleurs ce qui en fait d'aussi fantastiques boules de croquet.

— Non, le pauvre chou ! hoqueta Apple.

Elle courut jusqu'à lui, fiché dans la planche de bois par ses piquants. Il adressa un signe de la patte à Lizzie, qui agita la main en retour. À l'évidence,

Apple White ne savait pas *tout sur tout*, si elle croyait qu'un hérisson du Pays des Merveilles pouvait se blesser ainsi...

— Tu vas bien, mon mignon ? souffla-t-elle en le décrochant du mur.

Ploc ! Il tomba par terre et partit en se dandinant sous un buisson.

— Oui, ça a l'air d'aller, fit Apple.

Puis, se tournant vers Lizzie :

— Comment as-tu pu ? Tu es...

Haussant pensivement les sourcils, elle ajouta :

— Remarque, ton *destin* est d'être la vilaine de l'histoire. Je ne peux pas te blâmer de suivre ta destinée.

— Écoute, Apple, si tu n'as pas encore préparé tes affaires pour la sortie de classe, y aller maintenant serait parfait, cracha Lizzie.

— Bien sûr ! La sortie de classe ! C'est pour cela que je suis venue ! Le directeur Grimm t'attend en Salle du Conseil des Élèves Royals. Au sujet de ces « entraide-partage », comme tu les appelles.

— Oh ! On se retrouve là-bas !

Lizzie se précipita à sa porte privée en forme de cœur. Apple lui emboîta le pas.

— Attends, je viens av...

— Tu rien du tout ! trancha Lizzie.

Personne, en dehors d'elle-même, n'avait jamais

franchi le seuil de la porte-cœur. Apple roula des yeux comme des soucoupes. Elle paraissait presque effrayée. Mais n'était-ce pas ce que Lizzie souhaitait, après tout ? Une des cartes de sa mère le proclamait en adage :

♥

Mieux vaut porter des gants qu'une barbe taillée,
Mieux vaut inspirer la crainte que l'amour vrai.

♥

Lizzie rajusta ses gants ourlés de dentelle noire, adopta son expression la plus intimidante et asséna :

— On se rejoint là-bas, Apple.

Sur quoi, elle claqua la porte derrière elle. Sa mère serait sans doute fière d'elle, pourtant Lizzie se sentait plus seule que satisfaite et supérieure. Un peu comme un hérisson fiché dans une planche de cabanon, sans âme qui vive alentour pour entendre ses couinements...

Lizzie sortit du dortoir, traversa le couloir au pas de charge, passa sous la voûte feuillue des arbres du lycée et dégringola le petit escalier de pierre. Que lui voulait le directeur Grimm ? Elle n'avait enfreint aucun règlement ? Après tout, on ne pouvait jamais savoir, dans ce pays si normal ! La pauvre Maddie avait bien frôlé le bannissement pour avoir célébré un tourbillon attrape-contre. Bon, d'accord, à cause de cela, la Li Cairn avait tragiquement explosé en mille morceaux à ses pieds, libérant au passage le puissant Jabberwocky... mais Maddie n'était pas fautive ! Et puis, Baba Yaga l'avait dit elle-même : il y avait toutes les chances pour que le Jabberwocky file dormir des années au sommet d'une montagne, alors...

Lizzie allait entrer dans la Salle du Conseil des Élèves Royals, lorsque Apple s'engouffra par la fenêtre. Ou plutôt, lorsqu'une volée d'oiseaux la déposa près de Lizzie, remettant du bout du bec de l'ordre à sa tenue avant de s'éclipser d'un coup d'aile.

— Merci, amis volatiles ! leur lança Apple.

Elle sourit à Lizzie comme si de rien n'était et poussa la porte de la Salle du Conseil.

Le directeur Grimm arpentait l'estrade en consultant sa montre de gousset en or. Une mine sévère, des cheveux gris acier, un costume anthracite... tout chez lui semblait avertir Lizzie : *C'est du sérieux !* Daring Charming se tenait à côté de lui. Appuyé contre un bureau, il vérifiait le reflet de ses dents dans la lame de son épée. Du gel plaquait sa chevelure blonde en arrière. Vêtue de rose vif, Briar Beauty ronflait doucement, étendue sur le sol entre eux deux.

Petit conseil opportun du jeu de cartes de la Reine de Cœur :

♥

Dans le doute, hurle !

♥

– VOUS DÉSIRIEZ ME VOIR, DIRECTEUR GRIMM ? s'égosilla Lizzie.

L'homme grimaça en se frottant les oreilles.

– Heu... en effet, mademoiselle Hearts, j'ai besoin de votre aide.

Aha ! Cette histoire de hurlement, ça fonctionnait du tonnerre !

Ma mère est un génie, songea Lizzie.

Daring s'inclina d'un air solennel.

– Silence, mon cœur : quelle superbe princesse ! déclama-t-il.

Curieusement, il dévisageait Lizzie, et non Apple... Son art du compliment faisait battre des cils toutes les filles d'Ever After. Sauf Lizzie, qui haussa un sourcil en maugréant :

– Si ton cœur se tait, monsieur Charming, tu mourras.

– Pardon ?

– Tu viens d'ordonner « silence, mon cœur », ce qui signifie qu'il doit cesser de battre. Et s'il est du genre obéissant, tu devrais bientôt t'écrouler, raide mort, à mes pieds.

Daring, bouche bée, contempla Lizzie. Puis il

laissa échapper un gloussement et Lizzie s'en amusa tout bas. On n'entendait pas Daring glousser si souvent !

Apple tira un manuscrit de sous le bras de Briar, qui s'était endormie, et le tendit à Lizzie.

— *La Tragédie d'Aquilonne*, de Milton Grimm, lut la princesse de Cœur sur la première page.

— Cette pièce de théâtre sera une composante aussi agréable qu'originale de notre Expédition Venteuse de demain, expliqua Grimm. Malheureusement, notre Aquilonne n'a jamais pu s'imprégner de son rôle, car à chaque répétition...

Il désigna d'un signe de tête Briar assoupie.

— Donc, il nous faut une remplaçante, termina-t-il.

Lizzie frissonna. Se pavaner sur scène devant des gens du commun ? À tous les coups, sa mère désapprouverait... Le vil peuple se donne en spectacle devant sa souveraine, pas le contraire !

Une carte du jeu de la Reine de Cœur préconisait :

♥

Pour que cela soit fait correctement,
Veille à t'en charger personnellement.

♥

Conseil cependant complété par :

Prends donc grand soin de commander toi-même
À tes serviteurs,
De faire ce qui doit être fait sans tarder et sur l'heure.

Lizzie grogna. Pas un serviteur ne la secondait au royaume d'Ever After. Elle devait constamment tout assumer : gérer les affaires royales, secouer les oreillers, lancer les hérissons...

— Et pourquoi moi ? demanda-t-elle soudain.

— Vous êtes une Royal, répondit Grimm. Ce rôle réclame une loyale Royal. Admirez la rime !

Lizzie protesta :

— Mais la sortie de classe, c'est demain !

Apple lui prit la main. Lizzie la repoussa. Son amie ne s'en offusqua pas le moins du monde.

— Lizzie, tu te rappelles ce qui est inscrit sur la pancarte jaune qui a été accrochée à l'entrée de la Cafertaria, la semaine dernière ?

— « Les étudiants sont dorénavant priés d'abandonner toute velléité de guerre, de conflit, de bataille, et de jet de projectiles divers et variés en passant la porte de cet établissement, récita la princesse de Cœur. Si de la nourriture venait à s'envoler par magie ou par... »

— Saperlotte ! interrompit Daring.

— Vous aviez raison, mademoiselle White, enchaîna le directeur Grimm.

— À propos de quoi ? s'étonna Lizzie.

— De toi, rétorqua Apple. Tu as le don de retenir tout ce que tu lis « par Cœur » !

Lizzie haussa les épaules. Oui, elle avait en tête les cinquante-deux cartes du jeu de sa mère. Et quantité d'autres choses, aussi, comme des lois, des poèmes, des recettes de petits gâteaux à lancer... La belle affaire ! Une bonne mémoire était indispensable à tout régent du Pays des Merveilles. Dans un endroit tellement alambiqué, il fallait se souvenir de ce qu'étaient les choses, de ce qu'elles n'étaient pas, et de ce qu'elles auraient pu devenir !

— Attends ! dit Apple.

Elle lui reprit le manuscrit des mains et modifia la première réplique de la pièce :

Aquilonne (sur un ton autoritaire) :
Qu'on lui coupe la tête !

— Voilà, tu n'auras qu'à commencer ainsi ! décréta Apple.

Lizzie esquissa un demi-sourire.

CHAPITRE 2

L'ARBRE SOLITAIRE, AU SOMMET DE LA COLLINE

Debout sur la rive du lac, Cedar Wood agitait ses orteils dans le sable. Ils craquaient en remuant, comme une branche ploie sous le vent. Elle jeta un coup d'œil alentour pour s'assurer que personne n'avait entendu. Près d'elle, Hopper Croakington II, sous sa forme de grenouille, frappait l'eau de ses pattes palmées, guettant Daring Charming sur le sentier pavé. Son équipier, à la course de relais, n'allait plus tarder à arriver.

— *Croâ*, petite adversaire de bois, bonne chance à toi ! lança-t-il à Cedar en remarquant soudain qu'elle le regardait. Cela doit être intimidant de se mesurer à un Charming et à un Croakington. Mais ne t'inquiète pas : ce ne sont que les qualifications. Tu pourras perdre avec dignité !

Cedar opina, tâchant de ne penser à rien. Être contrainte de ne dire que la vérité avait un terrible effet secondaire : cracher tout ce qui lui passait par la tête !

— J'aimerais te poser une question, reprit Hopper en baissant d'un ton. Mais c'est assez personnel... Cela te gêne ?

— Non, répondit Cedar.

Puis, malgré ses efforts, elle ajouta :

— Enfin, cela me gênera si ta question est embarrassante, parce que je serai de toute manière obligée de te répondre la vérité.

Hopper cligna des yeux, prêt à commencer, quand Kitty Cheshire se matérialisa brusquement, et sans un mot, auprès de lui.

— Oh, hello Kitty...

Sa présence le rendait nerveux. Elle le fixait en souriant, comme toujours. Cedar s'impatienta :

— Eh bien, Hopper ?

Le fils du Prince Crapaud rassembla ses esprits.

— Oui, voilà, je voulais savoir : est-ce que tu flottes ? Tu es en bois, alors peut-être ne coules-tu pas ?

— Je flotte en effet, admit Cedar.

Au même instant, une voix cria dans son dos :

— À toi, Cedar !

Cerise Hood arrivait du sentier pavé en courant ventre à terre, son chaperon rouge recouvrant ses longs cheveux bruns striés de blanc. La fille semblait taillée pour la compétition : grande, athlétique, campée sur des jambes solides, le regard déterminé.

— Nom d'un nénuphar, où est Daring ? pesta Hopper. Je le croyais supra-rapide ?!

Cedar remua plus vite ses orteils. Elle vérifia sa tenue, s'assura qu'elle était prête à disputer l'épreuve de natation. Ses boucles sombres étaient retenues en une grappe tressée, et elle portait une sorte de combinaison de plongée en guise de maillot de bain. Un col montant, des manches et des jambes longues... Elle n'avait pas eu le temps de s'enduire de lotion waterproof ce matin, et elle ne pouvait risquer de gonfler aux articulations. Kitty minauda :

— Il se pourrait que Daring ait été retardé en chemin par une damoiselle en détresse...

— Pardon ? bafouilla Hopper.

— Il se pourrait que j'aie *malencontreusement* oublié une perruque blonde au sommet d'un arbre, poursuivit Kitty en examinant ses ongles. Et il se pourrait que j'aie appelé « au secours » de là-haut juste avant d'apparaître ici.

Cerise parvint à la hauteur de Cedar, qui s'approcha du bord de l'eau. Elle lui tendit le parchemin roulé qui servait de relais.

— Je l'ai ! s'écria Cedar en l'attrapant. Et maintenant...

— Tu plonges ! la pressa Cerise.

Cedar sauta dans le lac et son corps flotta en effet sans difficulté, comme un bouchon de liège. Elle supposa que l'eau était froide, mais le froid lui était indifférent. Tout comme la chaleur. Ou n'importe quoi d'autre en fait, excepté le feu, les haches, les tronçonneuses, les piverts, les castors, les termites...

— Allez, Cedar ! encourageait Cerise en suivant la nageuse depuis la terre ferme.

Sur la rive d'en face, Raven Queen s'égosilla :

— Super, les filles ! Vous avez deux minutes d'avance sur les gagnants de l'an dernier !

Dans son ensemble violet et noir et ses hautes bottes cloutées d'argent, Raven n'avait rien d'un coach ordinaire, même si la casquette de base-ball du lycée, enfoncée sur ses mèches aubergine, lui donnait l'air un peu plus sportif.

Cedar leva son pouce de bois tout en nageant. Avec Raven pour coach, leur équipe de relais avait naturellement pris l'étendard Rebel. Depuis le Jour de l'Héritage, où Raven avait refusé de signer le *Livre des légendes* devant sceller son destin de Méchante Reine, tout le monde était devenu soit partisan Rebel, soit partisan Royal. Désespérée par l'initiative de Raven, Apple White avait pris la tête des Royals, ceux qui espéraient que leur Destin Tout Tracé s'accomplirait comme prévu. Raven dirigeait les Rebels, bien décidés à écrire leur propre destin et à ne pas suivre celui de leurs parents.

En tant que prochain Pinocchio, Cedar n'avait pas le pire des Destins Tout Tracés. Mais opter pour les mauvais choix en brisant le cœur de son merveilleux père avant de se transformer en vraie petite fille ne paraissait pas « lui convenir en tout point », comme aurait dit Blondie Lockes chez les Trois Ours.

— Allez, Cedar, accélère ! s'exclama une voix, au-dessus d'elle.

Cedar se retourna sur le dos et aperçut Cupid, dans le ciel, ses cheveux roses battant au vent au rythme de ses ailes.

— Tu es géniale, Cedar ! la félicita Cupid. Moi, dans l'eau, je suis une catastrophe, mais toi, on jurerait que tu ne fais aucun effort !

— Mais je n'en fais aucun, répliqua Cedar. Enfin, j'aurais préféré ne rien dire, cela me donne l'air d'une sale vantarde...

Elle se tut un instant avant d'ajouter :

— Et j'aurais préféré ne pas dire cela non plus…

Cupid pouffa. Du rivage, Cerise l'apostropha :

— Arrête ! Tu l'empêches de se concentrer !

— C'est vrai, désolée ! s'excusa Cupid. Continue sur ta magnificiante lancée, Cedar !

Sur quoi, elle s'éloigna d'un coup d'aile. Cedar se remit sur le ventre et commença à battre des bras et des jambes en redoublant de vigueur. Cerise comptait sur elle, et elle détestait décevoir les gens. La Fée aux Cheveux Indigo l'avait condamnée à dire la vérité en toute circonstance, et même si Cedar appréciait la franchise, elle passait assez pour une maboule à cause de cela !

— Rivage !

— Rocher !

Les deux avertissements de ses amies s'entremêlèrent, et Cedar entendit seulement : « Richer ! » avant de heurter du crâne une grosse pierre, sur la berge du lac.

Quelqu'un pataugea dans l'eau pour l'aider à se hisser sur le sable. Cedar leva les yeux sur Raven.

— Pas de bobo ? s'enquit cette dernière.

— Non, ça va. Mais je meurs de honte !

— Il n'y a pas de quoi : on est en avance d'une minute sur le record, et il ne reste que l'épreuve à vélo !

— Au fait, où est Sparrow ? s'étonna Cerise.

Cedar désigna des traces de roues, sur le sol.

— Il était là, mais il est reparti, constata-t-elle.

— Merci le désastre ! tempêta Cerise.

Cedar baissa la tête, penaude.

— Je suis désolée, murmura-t-elle.

Raven avait eu l'idée de la faire entrer dans l'équipe du Trônathlon, organisé chaque année par le magasin « la Pantoufle de Vair », pour la tirer de la solitude de son atelier... et voilà qu'elle gâchait tout !

— Mais non, Cedar, Cerise n'est pas en colère contre toi ! assura Raven en la prenant par l'épaule.

— Bien sûr que non, renchérit Cerise. C'est après moi que j'en ai. Comment ai-je pu être assez bête pour faire confiance à Sparrow ?!

Dexter Charming, le jeune frère de Daring, arriva sur ces entrefaites en pédalant sur son VTT bleu royal. Il stoppa net devant le petit groupe.

— Hé, qu'est-ce qui se passe ? Vous avez annulé la course ? Je voulais me mesurer à Sparrow, pour voir.

— Ben, apparemment, Sparrow en a eu ras le bol d'attendre son tour et il a fichu le camp, pesta Raven.

— Mauvaise fin de l'histoire, souffla Dexter en rajustant ses lunettes épaisses. Vous voulez emprunter mon vélo ?

— Oui ! s'écria Cedar, incapable de taire ses pensées. Si notre coureur ne passe pas la ligne d'arrivée, nous raterons les qualifications et adieu le Trônathlon ! Mais tu es un Royal. Tu n'accepteras jamais d'aider une équipe Rebel...

Dexter haussa les épaules.

— Pourquoi pas ? Je n'en ai rien à faire, moi. Peut-être que toi, oui. Peut-être que je devrais, remarque. Mais les choses s'emballent, ces derniers temps. Pourtant un Royal peut bien aimer un Rebel, non ? Enfin, pas *aimer* aimer, ou peut-être *aimer* aimer, au contraire... Oh, je ne sais plus ce que je dis ! Mais vous pouvez utiliser mon VTT.

Raven lui sourit, et Cedar crut le voir rougir. Elle demanda :

— Qui monte sur le vélo ? Toi, Raven ?

— Avec plaisir... si je portais mes baskets cloutées !

— Pas de souci, je m'en charge, se proposa aussitôt Dexter.

Cerise écarquilla les yeux.

— Sérieux ? Tu veux t'afficher avec des Rebels ?

— Ce sera l'occasion de prouver aux gens que les Royals et les Rebels peuvent s'entendre, répondit-il en essayant, en vain, de plaquer la houppe de cheveux châtains qui se dressaient sur son front.

Cedar lui remit le parchemin-relais encore humide, et il partit sur les chapeaux de roues.

— Il est doué, nota Cedar en le suivant du regard.

— Oui, très doué, acquiesça Raven.

— Dis, Raven, est-ce que tu aimes Dexter ? ne put s'empêcher de questionner Cedar.

Cerise toussota et Raven cligna des paupières, interdite.

Il y eut un silence pesant. Cedar ne savait quoi en penser. Raven hésitait-elle à répondre parce que, son amie ne pouvant rien cacher, elle le répéterait forcément ? En général, on ne lui confiait rien qui n'était déjà dévoilé à tout le monde. Cedar avait beau faire partie de l'équipe de relais, elle se sentit à nouveau terriblement isolée...

— Je ne veux pas être comme l'arbre solitaire, au sommet de la colline ! pleurnicha-t-elle.

Raven la serra contre son cœur.

— T'inquiète, jeune pousse. Je te servirai toujours de forêt !

Cedar sourit. Son visage craqua comme chaque fois qu'elle changeait d'expression. Vite, elle s'écarta de Raven, de peur qu'elle s'en aperçoive, et lança d'un ton anodin :

— Au fait, pour l'Expédition Venteuse, demain, on se rend bien dans les Montagnes Noires ? Tant mieux, je suis à cours de certains colorants, pour mes peintures. J'en profiterai pour cueillir quelques baies. Vous me donnerez un coup de main, les filles ?

— Promis ! s'engagea Cerise.

— Pareil... commença Raven.

Puis, la mine soucieuse, elle ajouta :

— À moins qu'Apple ait besoin de moi. Elle prépare une méga-surprise, pour la sortie de classe, et elle m'a déjà prévenue qu'il faudrait peut-être que je remplace Briar si jamais elle s'endormait...

— Je comprends ! affirma Cedar.

Mais au fond d'elle subsistait, comme toujours, une minuscule part moins compréhensive...

CHAPITRE 3

MADDIE ~~BAVARDE POLIMENT AVEC~~ interrompt LE NARRATEUR

Le matin de l'Expédition Venteuse se leva, nimbé d'un soleil d'or aussi éclatant que le trésor enfoui au pied de l'arc-en-ciel.

Oh, Narrateur, quelle jolie image ! À condition que le trésor de l'arc-en-ciel soit joli, évidemment. Je ne l'ai jamais vu. Oh ! là, là ! Et s'il s'agissait de pépites brutes et pleines de terre ? Ce ne serait pas joli du tout.

Madeline Hatter, tu sais que je ne peux discuter avec toi. Les héros de l'histoire ne sont pas censés entendre le Narrateur. C'est trop bizarre !

Oui, oui. Mais cette image de trésor, c'est bien ce qu'on appelle une comparaison, non ? Quand on décrit quelque chose par rapport à quelque chose d'autre pour que le lecteur se le représente le mieux possible ? Comme par exemple, le soleil ressemblait à un œuf au plat dans la poêle du ciel ? Ou le thé était aussi chaud que le feu du dragon ? Ou le crabe se carapatait comme un homme à six jambes ?

Voilà, oui, c'est une comparaison. Mais je dois reprendre le fil du récit, à présent. Il va se passer...

Quoi ? Quoi ? Que va-t-il se passer ? Pitié, dites-le-moi !

Eh bien, l'aventure va réellement commencer lorsque cet effroyable... Une minute, Maddie ! Tu ne vas pas me tirer les vers du nez une nouvelle fois !

Narrateur, vous êtes aussi chou qu'un sac de boutons à coudre. Aussi fu-thé qu'un livre qui se lit lui-même. C'est rigolo, ce petit jeu des comparaisons ! Vous êtes aussi imperceptible qu'un fantôme qui joue à cache-cache. Aussi...

Chut. Plus d'interruption, je te prie. Je reprends la narration. Donc...

CHAPITRE 4

LA TRAGÉDIE D'~~AQUILONNE~~ de Lizzie

LE MATIN DE L'EXPÉDITION VENTEUSE SE leva, nimbé d'un soleil d'or aussi éclatant que le trésor enfoui au pied de l'arc-en-ciel. Le château d'Ever After High resplendissait. Les oiseaux voletaient en pépiant. Les papillons valsaient avec les fées, et les gnomes rentraient discrètement dormir à la cave.

Dans sa chambre, Lizzie finissait de s'habiller avec soin. Elle arrangea ses cheveux sous sa couronne, puis elle maquilla son œil gauche d'un gros cœur rouge, comme la tache de naissance de sa mère.

Elle glissa ensuite son paquet de cartes dans sa

poche. Elle n'emportait rien d'autre... à part son couteau à beurre, évidemment.

Un jour d'Expédition Venteuse généralisée, le lycée bouillonnait d'excitation. On riait et se bousculait joyeusement dans les corridors. Le temps que Lizzie se fraie un chemin en hurlant qu'on s'écarte sur son passage et qu'elle atteigne le puits enchanté de voyage, une immense file d'attente s'était formée. Elle reconnut immédiatement les élèves en partance pour rendre visite au Vent d'Ouest, avec leurs maillots de bain, leurs tongs, et cette odeur d'écran total à la noix de coco. Devant elle, deux Apprenties-Marraines-Fées s'extasiaient sur la supposée magnificence du palais évidé du Vent d'Est.

Enfin, ce fut au tour de Lizzie.

— Le Vent du Nord, indiqua-t-elle à la Bonne Fée qui réglait la circulation du puits enchanté.

Celle-ci agita sa baguette, et Lizzie plongea dans le puits. Un souffle d'obscurité scintillante, une brise glacée-chaude, et Lizzie émergea d'un autre puits enchanté, celui des Montagnes Noires, par-delà la Sombre Forêt. Elle scruta les alentours à la recherche d'une chaise à porteurs (quatre soldats de carte, de préférence), puis elle dut se résoudre à gravir elle-même le flanc de la montagne, comme le reste de sa classe.

— Hé, Lizzie !

Madeline Hatter sautillait sur un pied, sa jupe turquoise et violet se soulevant et s'abaissant en rythme.

— Saute avec moi ! invita-t-elle son amie.

Lizzie faillit prendre la main qu'elle lui tendait, puis elle se ravisa en se remémorant l'un des nombreux préceptes de sa mère :

♥

Le bois d'un navire n'est jamais totalement étanche,
Et de tous bois, celui de l'amitié est le moins étanche.
Ne monte jamais à bord du Navire de l'Amitié,
Sauf si tu te noies dans un océan de larmes salées.

♥

— Une princesse du Pays des Merveilles ne sautille pas, répliqua-t-elle alors d'un ton sec.

Et elle grimpa seule le sentier forestier. Au sommet de la montagne, elle s'étonna de ne pas trouver de Vent du Nord à la peau bleue, mais un petit théâtre à tréteaux, dont la scène faisait face à de longs bancs de bois destinés aux spectateurs.

— Thé-rrible ! se réjouit Maddie. On va assister à une pièce de théâtre !

— Cela me convient en tout point, remarqua Blondie Lockes, assise sur un banc en compagnie d'élèves Royals, parmi lesquels Briar Beauty et Holly O'Hair.

Lizzie se dirigea vers les coulisses. Derrière le rideau, Apple et Daring enfilaient leur costume par-dessus leurs vêtements.

— On ne fait pas d'omelette sans casser des œufs ! leur lança la princesse de Cœur.

— Pardon ?! s'irrita Humphrey Dumpty en passant, les joues rouges d'indignation.

— Pour encourager quelqu'un, on lui souhaite plutôt bonne chance ! chuchota Apple à Lizzie.

— Oh oui, c'est plus simple, admit celle-ci.

— Mes chers étudiants, un peu de silence, s'il vous plaît !

Le directeur Grimm venait de prendre la parole, de l'autre côté du rideau.

— Vous vous demandez certainement : « Mais où est donc le Vent du Nord ? Et qu'est-ce que ce bel amphithéâtre forestier ? » Vous pensez d'ailleurs peut-être aussi : « Je parie que le directeur Grimm est un talentueux auteur dramatique, j'ai hâte de me régaler de son génie ! »

Quelqu'un cria quelque chose, dans l'assemblée. Lizzie n'entendit que la réponse de Grimm :

— Non, monsieur Hood, vous ne pourrez discuter avec le Vent du Nord comme vous l'avez fait l'an dernier avec le Vent d'Ouest – ou le *type de la plage*, selon vos mots. Les Quatre Vents *sont* une partie intégrante du magnifique héritage et de l'histoire d'Ever After. Mais la raison pour laquelle vous ne pouvez parler au Vent du Nord est une tragédie qu'il me faut impérativement vous raconter aujourd'hui.

Lizzie rajusta sa couronne. Ce n'était pas sa grande couronne d'or incrustée de rubis en forme de cœur qui proclamait « Pays des Merveilles » (parfois littéralement). Il s'agissait de la couronne de son costume de Princesse Aquilonne. Un simple ersatz du symbole royal, mais qui méritait d'être coiffé avec respectabilité.

— J'ai écrit cette pièce de théâtre afin de communiquer avec le Vent du Nord, en dépit de son impossibilité de s'adresser aux humains, poursuivit Grimm. Voici donc *La Tragédie d'Aquilonne*, par la Troupe des Royals d'Ever After High !

Le rideau se leva sous un tonnerre d'applaudissements.

— Hou ! hua Faybelle Thorn si gaiement qu'on aurait cru une acclamation.

Nerveuse, Lizzie débita sa première ligne de texte telle qu'Apple l'avait modifiée. Les spectateurs se turent. D'un geste théâtral, Grimm leva le bras et déclama :

— Il y a de cela fort longtemps, Boreas, l'éminent Vent du Nord, régnait sur les cimes montagnardes.

Il parlait de la voix haut perchée et tremblotante du soprano... qu'il n'était pas. Lizzie entendit Maddie, dans l'assistance :

— Qu'est-ce qu'il a ? On l'étrangle, ou quoi ?

Alors, Daring avança sur scène de son pas à la fois décontracté et majestueux. Il portait un très ample déguisement blanc qui laissait entrevoir sa musculature. Des filles, dans le public, couinèrent.

— Moi, Boreas, seigneur des vents du Nord ! se présenta-t-il.

— Le vent est d'un naturel impétueux, récita Grimm.

Sur quoi, Apple déboula sur scène enveloppée dans une cape bleue à franges. Les spectateurs applaudirent. Plusieurs clamèrent :

— Apple White !

— Je suis le vent impétueux ! beugla-t-elle.

Des oiseaux se mirent à chanter joyeusement, sur les branches alentour. Maddie leur enjoignit de se taire. Grimm continua de sa voix suraiguë :

— Boreas était le berger de tous les vents du Nord, les guidant de-ci, de-là.

— Je te guide ! lança Daring en désignant Apple du doigt. Va de-ci ! Puis de-là !

Un spectateur bâilla. Lizzie ne lui donna pas tort : le texte de Grimm était creux et soporifique.

— L'alliée de Boreas, dans sa noble tâche, n'était autre que sa fille, la Princesse Aquilonne, ajouta Grimm.

— Je suis la Princesse Aquilonne, jeta Lizzie, les poings sur les hanches.

Sa réplique était plus longue, mais elle la jugeait trop ennuyeuse. Le directeur attendit qu'elle finisse. Elle se contenta de croiser les bras. Il se racla la gorge et enchaîna :

— La Princesse Aquilonne devait normalement succéder à son père dans ses hautes fonctions, mais elle refusa son Destin Tout Tracé.

— Je ne te succéderai pas dans tes hautes fonctions, cracha Lizzie à Daring.

Il surjoua la stupéfaction.

— Tu n'y songes pas ! Renier ta destinée nous plongerait dans le chaos !

— Alors je m'en irai pour toujours, là où les vents du Nord ne peuvent accéder ! rétorqua Lizzie.

Les spectateurs retinrent leur souffle. Lizzie sourit. Finalement, se pavaner sur scène présentait de bons côtés ! Elle contempla le visage anxieux du directeur Grimm et décida aussitôt d'improviser.

— Je ne serai pas cette fille qui laisse son vieux père ridé agoniser.

Lizzie se tut un instant et reprit à l'adresse de Grimm :

— Et vous, avec votre voix devenant stridente comme si un opossum, ou une frêle pieuvre, vous étranglait !

Daring se mordit la lèvre afin de réprimer vaillamment un gloussement. En vain.

Il enfouit alors son visage dans ses mains, et Lizzie comprit qu'elle devait tenter de sauver la pièce.

— Inutile de pleurer comme un veau, Père, déclama-t-elle. Le temps que tu sèches tes larmes, je serai partie.

Le directeur Grimm s'éclaircit à nouveau la voix et reprit d'un ton plus naturel :

— Et Aquilonne s'enfuit égoïstement, tournant le dos à son superbe Destin Tout Tracé afin de satisfaire ses désirs égoïstes. Égoïstement.

Là, il fusilla Raven Queen, assise au dernier rang du public, d'un regard lourd de sous-entendus.

— Puis Boreas prit de l'âge, poursuivit-il.

Daring pêcha une barbe blanche dans sa poche, l'enfila et arpenta la scène en traînant des pieds.

— Puis il mourut, fit le directeur.

— Je me meurs ! râla Daring.

Il s'écroula. Grimm asséna :

— Sans berger pour les guider, les vents brisèrent les arbres et dévastèrent les collines.

Apple valsa d'un bout à l'autre de l'estrade, sa cape claquant derrière elle.

— *Hou ! Hou ! Hou !* soufflait-elle.

— Les vents réclamant un guide, ils filèrent rechercher Aquilonne, laquelle s'entêta dans son égoïsme à refuser sa destinée.

Apple et Lizzie virevoltaient selon la chorégraphie prévue, mais la princesse de Cœur possédait une moins bonne mémoire pour les pas de danse que pour les lignes de texte... et le tout se termina en bousculade et pugilat. Vautré par terre, Boreas-le-mort riait malgré lui.

Lizzie revêtit alors une vieille cape bleue identique à celle d'Apple.

— Dans sa lutte contre les vents, narra Grimm, Aquilonne fut dépossédée de son propre corps et se transforma en vent à son tour. Privée d'enveloppe charnelle, elle perdit la parole. Un triste état dont elle était la seule fautive. Moralité : ceux qui veulent échapper à leur Destin Tout Tracé encourent le risque de finir en vent.

Il toussota et conclut sur un ton grandiloquent :

— Ou en tout autre chose !

Il applaudit. Une moitié des spectateurs l'imita,

tandis que les autres fixaient la scène en silence. Lizzie soutint leur regard jusqu'au baisser de rideau.

Daring s'esclaffa, sa fausse barbe s'agitant sur son menton.

— Une frêle pieuvre ?! Tu as bien failli me faire perdre mon sérieux, Lizzie !

— Tu *as* perdu ton sérieux, rétorqua-t-elle.

— Ton impro était extra, la congratula Apple. Prétendre qu'il pleurait pour masquer son rire : bravo !

— Transformer les rires en pleurs, c'est un talent que je tiens de ma mère, dit Lizzie.

— Elle aurait sûrement adoré ton numéro ! affirma Apple.

Elle lui tapota l'épaule avant de s'éloigner. Lizzie frémit, stupéfaite d'avoir la gorge nouée par l'émotion.

Daring emboîta le pas à Apple en pouffant au souvenir de la réplique « comme si un opossum vous étranglait », puis Lizzie resta seule derrière le rideau, pensive. Elle était une princesse exilée, comme Aquilonne. Tous les portails du Pays des Merveilles avaient été magiquement scellés quand la Méchante Reine, la mère de Raven, prise de folie furieuse, avait infecté le royaume. Sans la lubie de la sorcière rebelle, avide de s'emparer des histoires des autres, Lizzie serait chez elle.

Contrairement à Aquilonne, Lizzie aspirait à suivre son Destin Tout Tracé. Mais dans de telles conditions, comment espérer ressembler à son éminente mère ? Si seulement elle pouvait être aussi effrayante, impressionnante... assourdissante ! Si seulement elle pouvait vivre auprès d'elle, où tout avait un sens merveillationnel, où les lapins parlaient et où les gens se taisaient à moins de vous proposer : « Du thé, Votre Altesse ? »

Que se passerait-il si les portails ne se rouvraient jamais ? Un jour ou l'autre, la Reine de Cœur aurait besoin que Lizzie lui succède. Et si cette dernière ne parvenait pas à revenir au Pays des Merveilles, est-ce qu'un groupe de cartes sauvages s'infiltreraient dans Ever After pour venir la priver de son corps, comme les vents avec Aquilonne ?

Terrifiée, Lizzie regretta tout à coup de ne pas avoir emporté sa hérissonne Shuffle en Expédition Venteuse. Un gros câlin, bien qu'indigne d'une reine, l'aurait réconfortée.

CHAPITRE 5

BÉBÉ BANDERSNATCH

Le rideau baissé, Cedar tendit ses bras de bois en avant comme si elle applaudissait.

— Son message n'était pas très subtil, dit-elle avec franchise à Raven.

— Je sais, acquiesça celle-ci en se recroquevillant.

— Le directeur Grimm aurait pu tout aussi bien intituler sa pièce : *Avertissement aux Rebels sur les conséquences néfastes du rejet de son Destin Tout Tracé – suivez mon regard, Raven Queen.*

Raven hocha la tête en se redressant brusquement.

— Pas question de me laisser intimider ! Je suis en paix avec mon choix de tourner le dos au Destin Tout Tracé, et je suis presque sûre que je ne me transformerai pas en souffle de vent si je refuse de devenir Méchante Reine et d'essayer d'empoisonner Apple... Mais bon, un moment de rigolade me ferait le plus grand bien. Je file chercher Maddie.

Elle s'éloigna d'un bond. Sur le banc, devant, Blondie Lockes chuchota quelque chose à l'oreille de Briar Beauty qui se plia en deux de rire, s'essuyant les yeux sous ses lunettes-de-soleil-couronne. Blondie hoquetait et gloussait. Amusée, Cedar se glissa auprès d'elles dans un entrechoquement de bois.

— Hé, qu'est-ce qui vous fait rire comme ça ?

— Eh bien, Blondie me disait que... *ouch !*

Briar s'interrompit, son amie venait de lui donner un coup de coude et désignait maintenant Cedar en louchant d'un air explicite. Briar se reprit :

— Oh ! Heu... en fait, rien, Cedar. Ne m'en veux pas, mais il vaut mieux que je ne te mette pas dans la confidence. Tu comprends pourquoi.

— Oui... Mais même si je comprends pourquoi personne ne prend le risque de partager ses secrets avec moi, chaque fois qu'on me fait ce coup-là, j'ai l'impression qu'on me tronçonne mon petit cœur de bois ! Désolée, je ne peux pas m'empêcher de m'épancher. Et puis aussi, Blondie, il y a cet horrible criquet qui s'est emmêlé dans tes cheveux. Désolée, je ne peux pas m'empêcher de te le dire non plus. Ne m'en veux pas. À plume !

Cedar s'éloigna en courant, les hurlements de Blondie raisonnant derrière elle.

Quelques minutes plus tard, Raven découvrait Cedar au beau milieu du pire buisson de ronces imaginable.

— Un problème, Cedar ?

Celle-ci fit mine d'éponger ses joues de bois. Elle pleurait à sa manière, ses yeux sculptés vides de larmes. Une boule de tristesse lui enceignait le cœur qu'elle n'avait pas et l'oppressait. Sa tête chauffait. Son imagination magique était à l'œuvre. Elle haussa les épaules.

— C'est toujours pareil, Raven, gémit-elle. La fille de la marionnette ne pouvant mentir, elle est condamnée à divulguer tous vos secrets. Alors, on ne se confie jamais à elle, et patati, et patata.

— Navrée, Cedar... mais qu'est-ce que tu fiches dans ces ronces ?

— J'ai besoin de peinture, tu te rappelles ?

Elle lui montra une poignée de mûres qu'elle venait de cueillir et ajouta :

— Je la fabrique à partir d'ingrédients naturels. Les couleurs sont plus riches, plus diversifiées, plus lumineuses ! J'ai aussi ramassé des noix de noyer noir. Et j'ai trouvé du curcuma, pour le jaune.

Elle plongea le bras dans les épines afin de se saisir d'une très grosse mûre. Les ronces épaisses lui griffèrent le bois, mais elle ne sentit rien. Tout comme elle ne sentit pas qu'une bestiole tapie sous le buisson s'agrippait à son avant-bras, exaspérée de le voir fouiner chez elle. Quand elle ramena la mûre, Cedar aperçut l'animal poilu qui se cramponnait furieusement à elle, ses dents acérées plantées dans son bras de bois. Il s'agissait d'une sorte de cochon d'Inde grassouillet de la taille d'un chien. Raven eut un mouvement de recul, levant les mains comme pour jeter un sortilège.

— Ah ! Qu'est-ce que c'est que *ça* ?!

Cedar secoua fort son bras. L'étrange créature ne lâcha pas. Un gaz verdâtre et nauséabond s'échappa de son arrière-train. Les filles détournèrent la tête, prises de haut-le-cœur.

— *Beurk !* C'est carrément fée-tide ! geignit Raven.

Cedar opina. La magie qui lui donnait vie lui permettait – malheureusement cette fois ! – d'*évoquer* les odeurs, au même titre que les sentiments. En revanche, elle était insensible à la maladie et à la douleur. Mais ne pas ressentir la morsure de la bestiole puante ne signifiait pas qu'elle souhaitait la garder pendue à son bras !

Elle se dégagea du roncier et fonça au petit théâtre à tréteaux avec Raven qui criait :

— Directeur Grimm ! Madame Baba Yaga ! Au secours !

— Un truc bizarre s'accroche à mon avant-bras, commença doucement Cedar. Je ne veux pas jouer les pleurnicheuses, mais…

— Quel est cet animal ? souffla le directeur, ébranlé.

Baba Yaga approcha, assise en tailleur sur son tabouret volant. Son regard perçant et son menton fier lui donnaient l'air férocement impressionnant. Elle écarta les mèches grises mal peignées qui lui gênaient la vue et plissa les yeux.

— On croirait un Bandersnatch, répondit-elle. Sauf qu'il n'y a *pas* de Bandersnatch à Ever After.

Elle renifla le gaz verdâtre en se léchant les lèvres comme pour en identifier la teneur. Cedar grimaça. Derrière elle, Raven retint un renvoi de dégoût.

— C'est bien un Bandersnatch, établit Baba Yaga. Ou une créature quelconque portant l'odeur d'un Bandersnatch.

— Le hit-parfum du printemps ! ironisa Briar

en se pinçant le nez. Portez Bandersnatch, et tout le monde s'enfuira en courant !

Cedar fixa Baba Yaga.

— Mais, heu... vous pourriez le détacher de mon bras ?

— Patience, mademoiselle Wood, crissa la sorcière. Je n'ai pas fini mes investigations.

Cedar pensa s'allonger par terre et mourir. Ses camarades de classe la dévisageaient alors qu'une bestiole puante s'agrippait à son bras. Elle sentit le picotement du rouge de la honte qui lui montait aux joues, mais elle savait qu'aux yeux des autres, ses pommettes gardaient leur teinte de bois clair.

— Tu crois qu'elle a mal ? chuchota quelqu'un.

— Les dents de ce monstre sont immenses ! renchérit quelqu'un d'autre.

— Oui, mais Cedar est en bois, n'oubliez pas.

— Oh ! Cet étrange état de fait ne m'avait encore jamais semblé aussi *dingo-déglingué* !

— Sérieux ?!

Cedar ferma les yeux. Peut-être que si elle se concentrait assez, elle pourrait se transformer en arbre et se cacher derrière son feuillage ? Ou devenir une vraie fille de chair et d'os ?

Je vous en supplie, Fée aux Cheveux Indigo, changez-moi en vraie fille. Ne me faites pas attendre plus longtemps, ne me faites pas suivre un Destin Tout Tracé vers une Fin Heureuse. Tout ce que je souhaite, c'est être normale. Je vous en supplie, Fée aux Cheveux Indigo...

— Ah ah !

L'exclamation de Baba Yaga tira Cedar de sa prière. La sorcière marmonna une formule magique, un rayon jaune moutarde surgit de ses doigts, le Bandersnatch se mit à vibrer... et *pouf !* il se métamorphosa.

— Oh ! s'écria Ashlynn Ella. Un mignon ourson tout doux !

Elle se précipita sur lui pour le caresser. Baba Yaga déclara :

— La question est : pourquoi un ourson a-t-il été transformé en bébé Bandersnatch ?

— Il est tellement choubidou ! minauda encore Ashlynn. Que dis-tu, mon cœur ? Je ne comprends pas, tu as un bras dans la gueule !

— Heu... fit Cedar, embarrassée.

Raven intervint brusquement :

— Enfin, un ourson, c'est quand même un animal super-dangereux, non ?!

— Pas autant qu'un dragon cracheur de feu, rétorqua Daring. Et je sais de quoi je parle, j'en ai combattu des dizaines !

Un groupe de filles poussa un soupir émerveillé. Faybelle Thorn secoua la tête.

— On n'a pas peur d'un ourson, voyons !

— Moi, si, je l'admets sans problème ! lança Hunter Huntsman d'un ton de défi.

Sa coupe à l'iroquoise ondula dans le vent.

— Un ourson n'est pas dangereux en tant que tel, mais à cause de ce qui l'accompagne en général, ajouta-t-il.

— Comme sa mère ?! s'étrangla Apple en apercevant une silhouette qui déboulait dans leur direction.

— Exactement, approuva Hunter. Ash, tu devrais le laisser tranquille. Si sa mère rapplique, elle pourrait se méprendre sur nos intentions...

— Dans ce cas, je lui expliquerai que son petit ne risque rien avec nous, répliqua-t-elle en gratouillant l'ourson derrière les oreilles.

— L'expérience m'a enseigné qu'une ourse en colère te déchiquette avant de t'écouter, nota Daring en aiguisant la lame de son épée sur un rocher.

— Heu... répéta Cedar.

La salive dégouttait maintenant de son bras. Blondie se pencha sur l'ourson.

— Dis donc, toi : ta famille planque du porridge, dans sa maison ? Où habites-tu ? Vas-y, avoue !

Baba Yaga continuait à réfléchir de son côté.

— Pourquoi un Bandersnatch ? grommelait-elle en tapotant la verrue de son menton.

— Libérez l'ourson ! pressa alors Hunter. Sa mère risque de se fâcher...

— Et si on l'avait transformée, elle aussi ? suggéra soudain Apple.

Elle pointa l'index en direction de la silhouette qui approchait. Cedar écarquilla les yeux : une énorme Bandersnatch avançait vers eux d'un pas pesant, la bave à la gueule, des traînées verdâtres dans son sillage... une cochonne d'Inde mutante dans l'un de ses plus mauvais jours ! Elle se dressa sur ses pattes arrière dans un rugissement terrible.

— Qu'on lui coupe la tête ! beugla Lizzie.

Daring dégaina son épée, dont la lame brilla du même éclat que son sourire immaculé.

— Je suis le prince de la situation ! proclama-t-il.

Lizzie apprécia que quelqu'un considère enfin l'un de ses ordres avec sérieux. Daring lui adressa un clin d'œil complice.

Les élèves d'Ever After High prirent leurs jambes à leur cou en hurlant de frayeur. Sauf Cedar, qui avait toujours un ourson cramponné à son bras.

— Sois gentil, nounours, lâche-moi !

— N'aie crainte, Cedar. Je te protège ! fanfaronna Daring.

— Moi aussi !

Hunter s'empara de sa hache, à sa ceinture, et se

campa dans la posture du Chasseur-à-la-rescousse, poings sur les hanches, épaules en arrière, pieds écartés. Des trompettes héroïques résonnèrent de nulle part.

— Tout cela ne me dit rien qui vaille, grommela Baba Yaga en humant l'atmosphère.

— Ne vous alarmez pas, gente... heu... noble sorcière ! affirma Hunter. Nous sommes rompus à l'art de défendre les damoiselles... heu... les gens, quoi... contre les bêtes féroces !

Soudain, les arbres tremblèrent autour de la maman Bandersnatch. De petits yeux jaunes percèrent la pénombre des sous-bois... et une horde de Bandersnatch en surgit !

— Neuf, dix, onze... quatorze ! compta Cedar.

Quatorze Bandersnatch adultes la bave à la gueule, nauséabonds et ivres de fureur !

— Qu'est-ce que je disais ! pesta Baba Yaga.

— Branle-bas de magie ! s'égosilla le professeur Jack B. Nimble.

Et Baba Yaga créa un bouclier d'énergie qui emprisonna la horde de Bandersnatch sous un dôme de lumière dorée. Les monstres furieux s'attaquèrent à coups de griffe à la barrière invisible. Cedar frémit à la perspective qu'elle cède...

— Que tous les élèves s'enfuient ! ordonna le directeur Grimm.

— Ben... et moi ? bredouilla Cedar.

— Attends ! intervint Raven.

Elle envoya un rayon de magie violette sur l'ourson, qui poussa un cri et lâcha prise. Cedar le reposa par terre. Il partit à fond de train rejoindre sa maman.

À mesure que la horde enragée continuait d'avancer sous le dôme protecteur, ce dernier perdait en luminosité.

— Regagnez le lycée d'Ever After High et restez-y jusqu'à notre retour ! commanda le directeur aux élèves.

Le Grand Méchant Loup se mit alors à quatre pattes et se métamorphosa en loup. Il retroussa ses babines noires, grogna, puis hurla quelque chose par-dessus son épaule.

— Entendu ! lui répondit Cerise Hood.

Puis, saisissant Raven et Cedar par la main :

— On file !

Cedar n'avait jamais couru aussi vite de toute sa vie. Certes, la montagne grouillait de monstres belliqueux. Mais surtout, Cerise l'entraînait à sa suite, et nom d'une fée, cette fille était une championne !

Madeline Hatter sautillait entre elle et Raven. Cedar haleta :

— Comment fais-tu pour aller aussi vite en sautillant ?

— Aucune idée ! C'est la première fois que j'essaie de sautiller-ficher-le-camp. C'était l'occasion rêvée, non ? Mais je ne vais pas te demander si sautiller-ficher-le-camp est possible à Ever After, parce que tu seras obligée de me répondre la vérité, et si c'est non, ça risque de ne plus fonctionner. Expliquez-moi plutôt ce qui se passe, les filles !

— Ben, en fait, on n'en est pas trop sûres... admit Raven.

Maddie sourit.

— Ah, tant mieux ! Je préfère quand les autres sont aussi ignorants que moi, je me sens aussi à l'aise qu'une portée de chiots dans une boîte en carton... C'est si confortable !

— Confortable ?! s'étonna Cerise.

— Ben, oui ! ricana Maddie. Si tu es l'un des chiots, évidemment. Et si tu te sens ignorant. Parce que si tu *sais* pertinemment que tu es dans une boîte en carton, tu vas te demander ce que tu fais là, et qui t'a mis là, et tu vas angoisser. Donc, moi, je me réjouis d'ignorer que je suis dans une boîte en carton !

Cedar soupira. Pour sa part, elle ne se sentait pas à l'aise du tout.

CHAPITRE 6

MADDIE ~~ESSAIE DE~~ ne parvient pas à SE CONTENTER D'ÉCOUTER

Le retour au lycée s'avérait des plus périlleux pour les élèves, notamment par les interventions intempestives de Briar Beauty. Apple avait pris la tête du cortège, empruntant avec soin les chemins les moins accidentés, sauf que Briar, sa meilleure amie jusqu'à la fin des temps, choisissait systématiquement d'autres options.

— Ça a l'air plus rigolo par là ! s'exclama-t-elle.

Et elle entraîna Apple par la main, manquant de peu de tomber d'une falaise avec elle.

— Écoute, Briar, notre but n'est pas seulement de

redescendre de la montagne, mais d'arriver en bas vivantes, OK ?

— Ce que tu peux être rabat-joie, Apple ! soupira son amie en soulevant ses lunettes-de-soleil-couronne. Tu te rends compte, un peu ? On est en train de fuir une horde de Bandersnatch à travers la nature hostile ! C'est l'épisode le plus heureux de notre histoire !

Sur quoi, elle empoigna une liane et se balança par-dessus un gros rocher.

Blondie Lockes brandit son MirrorPad afin de filmer la scène qu'elle commentait d'un ton lugubre : leur mésaventure ferait un MirrorCast superlifique !

Madeline Hatter, pour sa part, prêtait une oreille attentive au Narrateur. Mais elle se gardait bien de l'interrompre, respectant ainsi sa promesse solennelle.

Exact, charmant choubidou-chou Narrateur. Je ne vous interromprai pas !

Ashlynn et Hunter marchaient côte à côte, leurs doigts s'effleurant « par mégarde » à chaque pas.

— Oh, pitié ! s'écria soudain Duchess Swan. Tenez-vous par la main si ça vous chante, tout le monde sait que vous sortez ensemble !

Humphrey Dumpty fredonnait des comptines

tout en marchant – chancelant, plutôt, ses longues jambes maigres flageolaient à chaque pas. Heureusement, il avait prévu avant de partir de s'envelopper de la tête aux pieds de papier bulle protecteur.

Raven et Dexter cheminaient en s'amusant à « Qu'est-ce qui est le plus maléfique ? ».

— Une pomme de pin est plus maléfique qu'une aiguille de pin, affirma Raven.

— Ah ouais ? rétorqua Dexter. Et la sève de pin, alors ?

— Pire que l'aiguille, tu as raison, fit Raven. Mais un écureuil ?

— Pire que la sève, sans aucun doute ! établit son ami.

Kitty Cheshire progressait en...

— En souhaitant conserver un peu d'intimité, Narrateur, merci ! grogna-t-elle.

Oh ! Kitty aussi pouvait m'entendre !

— Quelle surprise ! se réjouit Maddie ! C'est trop fan-thé-stique !

Kitty feula.

Bon. *Reprenons*. Lizzie demeurait au côté d'Apple, contestant toutes ses décisions de tonitruants : Par là ! Par ici ! Par exemple !

— Détends-toi, Lizzie, intervint Briar. Apple nous guide, et elle se débrouille très bien.

— Personne n'ordonne à la princesse du Pays des Merveilles de se détendre !

— Sauf que nous ne sommes pas au Pays des Merveilles et que tu n'as rien à exiger.

Lizzie se renfrogna. Ses épaules, son dos, sa moue royale se raidirent. Elle regrettait amèrement de ne pas avoir ses soldats de carte à son service.

À présent, Madeline s'était mise à jouer à saute-grenouille avec Hopper Croakington II. Ou du moins le pensait-elle, car, en réalité, Hopper ne jouait pas du tout...

Ah, tout s'explique, alors, Narrateur ! Je me demandais pourquoi il me fixait de ses yeux ronds, ses grosses lèvres tordues de mécontentement, en grommelant : « Arrête de me sauter par-dessus la tête ! »

Maddie, non ! Tu réussissais si bien à ne plus m'interrompre !

Merci, cher Narrateur ! Je vous interromps à peine, d'ailleurs. J'apprends tellement, en vous écoutant... Vous êtes fortiche, en narration : vous profitez de notre petite expédition de retour pour donner des détails sur chaque héros de l'aventure. C'est très rusé-malin !

On enseigne ce genre de technique en Atelier d'Écriture, Maddie. Mais maintenant, il faut vraiment que...

Je sais, je sais : plus d'irruption au beau milieu de l'action ni de bavardages inopportuns... Que la narration reprenne ! Oh, non, une seconde : j'aurais juste une dernière question...

Maddie, je ne peux te répondre, tu le sais parfaitement.

Mais un ourson a été Bandersnatché, quand même. Des ours adultes, aussi. À moins qu'il y ait de vrais Bandersnatch dans la montagne ? Pourtant, le Bandersnatch est une créature du Pays des Merveilles ! Alors, que feraient tous ces Bandersnatch à Ever After ?

Hum...

Vous le savez, n'est-ce pas ?

Eh bien...

Allez, quoi, donnez-moi un indice, Narrateur ! D'habitude, vous me crachez toujours le morceau sans faire attention !

Non, pas cette fois. Le Narrateur ne se laissera pas

piéger. Il suivra sa narration sans faillir. Accélérons donc la cadence et passons directement aux choses sérieuses...

Le petit groupe d'élèves parvint finalement au pied de la montagne. Il rejoignit le puits enchanté le plus proche et regagna le lycée.

Chapitre suivant, s'il vous plaît !

CHAPITRE 7

~~DU MERVEILLEUX~~ ~~MOINS GOÛTEUX~~

FUYEZ !

Le prodigieux Jabberwocky, terreur du Pays des Merveilles, se sentait d'humeur massacrante. Le vacarme assourdissant d'un Miroir Magique se brisant en mille morceaux l'avait tiré de son rêve frabieux de festin de Bandersnatch beurré. Et maintenant qu'il ne dormait plus, il se trouvait piégé au royaume d'Ever After, un triste pays dépourvu de Bandersnatch, beurré ou pas.

Les ours avaient une saveur trop douce à son goût. Leur chair raisonnable et sensée manquait de croquant. Aussi le Jabberwocky avait-il utilisé sa magie pour Bandersnatcher leur oursitude. La viande y avait nettement gagné, même si elle lui restait encore en travers du gosier...

Après tant de temps emprisonné loin du Pays des Merveilles, le Jabberwocky avait besoin de recharger ses pouvoirs.

Il sautait d'une cime d'arbre à l'autre. Voler lui était très pénible, dans l'air médiocre de ce pays des non-merveilles. Sans compter qu'il était exténué. Il bâilla avec colère, son haleine chargée d'un relent de magie déclinante et d'ersatz de Bandersnatch.

Certes, le Jabberwocky avait été arraché à son pays depuis fort longtemps... Cependant son être le plus profond vibrait toujours de merveilleux, quoique moins goûteux.

Son souffle chaud transformait tout ce qu'il touchait. Une exhalaison, et l'arbre qui ployait sous son poids verdit subitement, se recouvrant de potirons en guise de pommes de pin. L'arbre n'était pas tel qu'au Pays des Merveilles, mais c'était déjà mieux. Le Jabberwocky pouvait-il espérer métamorphoser ce monde si ordinaire en royaume merveillationnel ? Non, car pour cela il lui fallait plus de magie.

Tout à coup, le Jabberwocky détecta l'odeur de créatures de l'espèce Alice. Elles couraient à l'orée de la forêt. Il sourit, ses babines grises et charnues découvrant ses dents épaisses. Il sentait la présence diffuse de la Reine de Cœur, du Chat du Cheshire et du Chapelier Fou... Même à distance, le merveilleux suintait de chacun de leurs pores. Et le merveilleux, c'était ce dont il avait besoin pour booster sa magie afin de rendre ce royaume lugubre habitable...

Le Jabberwocky prit son envol.

Il battait lourdement de ses immenses ailes membraneuses, son ombre effroyable chassant les animaux apeurés au fond de leur terrier. Sa cible en vue, le Jabberwocky opéra une descente en piqué, gueule grande ouverte, quand le Cœur, le Chat et le Chapelier plongèrent dans un puits enchanté de voyage, comme si la narration de cette histoire s'était soudain accélérée...

Furieux, le Jabberwocky vacilla sur lui-même en grognant d'amertume.

Ces créatures de l'espèce Alice ne perdaient rien pour attendre !

Il les pourchasserait sans relâche, sucerait leur merveillance jusqu'à la moelle... puis il les dévorerait.

Peut-être.

CHAPITRE 8

V~~ERMISSEAUX~~ Peuple DES MERVEILLES TOUJOURS PRÊT~~S~~ !

– ICI, VERMISSEAUX ! HURLA LIZZIE EN émergeant du puits enchanté du lycée.

— Pardon ? fit Cedar.

— Où ça ? lança Apple dans un frisson.

— Beurk ! s'égosilla Blondie.

— Dégoû-thé ! renchérit Maddie.

Raven réfléchit.

— Des vermisseaux, Lizzie ? interrogea-t-elle.

— *Ne perds pas ton temps en charabia vain, Avec ces vermisseaux d'êtres humains*, récita cette dernière dans l'espoir que les paroles de sa mère clarifieraient les choses.

Mais la confusion générale n'en fut que plus confuse, au contraire.

— Par êtres humains, je veux parler du Peuple des Merveilles, s'empressa-t-elle d'ajouter. Kitty et Maddie, quoi !

— Vermisseaux des Merveilles toujours prêts ! s'égosilla la fille du Chapelier Fou en prenant la pose.

Puis, se tortillant comme un ver en direction de Lizzie, elle apostropha Kitty Cheshire :

— VermiChat, hâte-toi ! On nous convoque !

Kitty haussa les épaules, disparut, et réapparut près de Lizzie.

— VermiFou et VermiChat pour vous servir, ô Reine Lézard ! déclama alors Maddie.

Elle s'inclina. Lizzie et Kitty protestèrent à l'unisson :

— Ne m'appelle pas comme ça !

Maddie cessa ses gesticulations.

— OK, les rabat-joie. Que se passe-t-il ?

— Réunion de crise, répondit Lizzie. Au Square des Merveilles.

— En route, VermiChat ! s'écria Maddie.

Kitty répliqua d'un feulement agacé avant de s'évanouir une nouvelle fois dans les airs.

Lizzie inspira à fond, elles quittèrent le lycée et franchirent la limite du Square. Parfois, les effluves sucrés du jardin lui donnaient des ailes. Parfois, ils lui donnaient le mal du pays. Aujourd'hui, ils lui donnaient l'impression d'avoir avalé un nid de guêpes.

Ce qu'elle n'avait pas fait, précisons-le, Lizzie étant capable de tout.

— Citoyens du Pays des Merveilles ! proclama-t-elle.

Kitty regarda par-dessus son épaule si d'autres gens étaient là. Personne.

— En tant que représentantes en exil de notre beau royaume, il nous incombe de...

Lizzie s'interrompit, déjà lasse de son propre discours. Elle se reprit :

— Bon, on a vu des Bandersnatch. Pourtant, je suis absolument certaine que lorsque nous avons traversé le portail du Pays des Merveilles avec la Reine Blanche et le père de Maddie, aucun monstre ne nous a suivis.

Une lueur d'espoir vacilla dans son cœur : et si les portails étaient réouverts ? À moins que les Bandersnatch aient trouvé un passage secret pour venir rechercher leur princesse perdue ?

— Moi, je connais une autre créature de chez nous, qui s'est immiscée à Ever After sans permission, souffla Kitty d'un ton mystérieux.

— Le Jabberwocky, murmura Maddie.

Les cheveux mauves de Kitty se dressèrent sur sa tête.

— Il ne faut jamais prononcer son nom à haute voix, voyons ! Mais je ne parlais pas de lui. J'ai pourchassé un oiseau Jeubjeub, tout à l'heure, dans la montagne, pendant cette somni-férante pièce de théâtre...

— Un Jeubjeub ? répéta Maddie. Il est peut-être temps d'en informer la Reine Blanche ?

— Je me félicite d'avoir réussi à vous convaincre, déclara Lizzie. Allons exiger des explications à la Reine Blanche !

— Ou demander, plutôt, modéra Maddie.

— Ou demander ! beugla plus fort Lizzie en brandissant son sceptre vers le lycée.

Ni une ni deux, elles se rendirent au bureau de la Reine Blanche. Personne. Elles inspectèrent la cantine, les salles de classe avant de faire preuve d'audace ingénieuse...

Maddie poussa la porte des toilettes des profs en criant : « Ah ah ! » Rien.

— La Reine Blanche nous évite, maugréa Lizzie. Elle sait sûrement quelque chose. Elle sait que nous savons qu'elle sait, et elle veut nous le cacher !

— Mais elle ne peut pas, puisque nous savons déjà, nota Maddie.

— Nous savons qu'elle sait, pas *ce* qu'elle sait concernant la présence des Bandersnatch et des Jeub-jeub ! précisa Lizzie d'une mine avisée.

— Et donc, elle se cache pour nous le cacher. Elle est forte !

— Beaucoup trop forte, Maddie, et je ne le permettrai pas ! hurla Lizzie. Les gens ne peuvent pas simplement disparaître, comme ça, quand bon leur semble !

À ces mots, Kitty s'évapora dans les airs. Son amie corrigea piteusement :

— La ci-présente Cheshire exceptée.

Kitty se rematérialisa sur le bord du lavabo.

— Traquer la Reine Blanche, c'était bien rigolo, surtout quand Lizzie s'est coincée dans le vide-ordures, lança-t-elle. Mais on ne la trouvera pas. Vous avez remarqué qu'il n'y avait pas grand monde, au lycée, aujourd'hui ?

— Je pensais que les autres aussi jouaient à cache-cache...

— On ne joue pas à cache-cache, Maddie ! cracha Kitty

— Est-ce que je suis censée deviner qui joue et qui ne joue pas, moi ?! s'exaspéra la fille du Chapelier.

Kitty vérifia machinalement ses dents dans son MirrorPhone et ajouta :

— Les profs et les élèves sont en Expédition Venteuse. Il n'y a que notre groupe, qui soit rentré en avance.

— Évidemment ! se récria Lizzie. Je ne disais rien pour m'assurer que vous le saviez aussi. Au fait, pourquoi tu ne nous dis ça que maintenant, toi ?

Elle dévisageait Kitty d'un air soupçonneux.

— J'ai attendu parce que c'était trop drôle de vous voir courir à travers le lycée comme des dingues, minauda la chipie.

— Kitty marque un point, fit Maddie.

Agacée, Lizzie composa le numéro de la Reine Blanche sur son MirrorPhone. Le répondeur récita :

« Je ne suis pas disponible pour le moment. Merci de rappeler dix minutes plus tôt. »

Lorsque la porte des toilettes des profs s'ouvrit brusquement.

— Ah, vous voilà ! s'exclama Briar en entrant. Rendez-vous d'urgence dans la chambre d'Apple et Raven ! Certains élèves sont superlifiquement inquiets, à cause de ce qui s'est passé dans la montagne, et Apple estime qu'en discuter ensemble apaisera les esprits.

— J'arrive !

Maddie remit son chapeau de travers et sautilla dans le couloir. Kitty grimaça.

— Discuter ensemble ? Les Royals et les Rebels ? Sans jugement ni animosité ?

— Exactement, affirma Briar.

— J'y fonce ! lança Kitty en disparaissant, son sourire carnassier flottant seul dans le vide. On va avoir droit à une belle petite bagarre généralisée !

Lizzie fronça les sourcils.

— Je ne vois pas en quoi discuter ensemble pourrait rassurer qui que ce soit. C'est improductif !

— Oh, je t'en prie, Lizzie, avec moi, on va forcément s'éclater !

Briar organisait tout le temps des fêtes dans lesquelles Lizzie demeurait dans son coin en rugissant : « Qu'on m'apporte un flamant-de-croquet ! » ou « Arrière, commun des mortels ! » dès qu'on lui adressait la parole.

Sa mère aurait jugé ces empotés de fêtards indignes de la princesse de Cœur et de son précieux temps. Lizzie rêvait cependant en secret de rejoindre les autres sur la piste de danse et d'éclater de rire avec Briar... Elle s'apprêtait à le lui avouer, mais cria soudain à la place :

— Qu'on te coupe la tête !

— Entendu, alors ! À plume !

Enfourchant un skate-board, Briar s'éloigna dans le corridor.

Désireuse de recevoir conseil et encouragement, Lizzie tira une carte du jeu de sa mère.

♥

De la nourriture prémâchée peut aiguiser ton appétit,
Mais tu es de sang royal, et dois t'en détourner :
Pas de prémâché aujourd'hui !

♥

Hum. Un peu hors sujet. Lizzie tira d'autres cartes :

♥

Une grenouille est une gueule sur pattes,
Elle grimace, tu souris et tu l'épates.

♥

QU'ON LUI COLLE LA TÊTE !
Quelle blague ! Tu m'as crue ? Ce que tu peux être bête
Parfois !

♥

N'oublie jamais combien les tapis sont suspects !
Rejetons de tarentules et d'okapis,
De tous tapis, toujours, tu dois te méfier !

♥

Parfois, la sagesse de sa mère laissait Lizzie perplexe quant à la façon de l'adapter à la vie courante. Elle replaça donc le jeu de cartes dans sa vieille boîte en carton, s'assura que personne ne l'observait et rangea la boîte contre son cœur.

— Je m'applique à suivre votre exemple, Mère, chuchota-t-elle.

Elle loucha par deux fois et fit un vœu : que cette histoire de Bandersnatch ne soit que le début. Que le Pays des Merveilles vienne tout entier à elle. Que sa mère la serre bientôt contre sa vaste poitrine en lui affirmant qu'elle agissait bien.

CHAPITRE 9

LES FAISEURS DE CONTES SE CONFRONTENT !

QUAND CEDAR SE PRÉSENTA À LA CHAMBRE d'Apple et Raven, la plupart des élèves de leur groupe étaient assis en cercle, qui sur des fauteuils, qui sur des coussins. Une douce odeur de tarte aux pommes émanait de bougies parfumées.

Lizzie entra à son tour.

— Drôle de journée, pas vrai ? lui dit Cedar.

— Une drôle de journée s'en vient, une drôle de journée...

Lizzie s'interrompit un instant. Elle fixa Cedar droit dans les yeux et asséna d'un ton explicite :

— ... s'en va !

Cedar s'éloigna en haussant les épaules : elle comprenait rarement le verbiage de Lizzie. Mais une chose était certaine, cette dernière n'avait besoin de personne, et surtout pas d'une fille en bois !

Comme Raven et Apple discutaient entre elles, Cedar se lova sur le canapé entre Humphrey Dumpty et Poppy O'Hair, la jumelle de Holly.

— Salut ! dirent-ils.

— Salut ! répondit Cedar.

Elle croisa les bras afin de dissimuler les traces de dents du Bandersnatch, se promettant de les poncer au papier de verre dès que possible.

— J'adore ce bleu ciel ! lança Poppy devant les éclats de peinture, sur les doigts de Cedar. Les arts plastiques, c'est ce que je préfère, au lycée.

— Oui, moi aussi, confia Cedar. Surtout la peinture !

— Personnellement, je manie l'art des mots, intervint Humphrey. Laissez-moi une minute, et je vous concocte un petit rap-slam dont vous me direz des nouvelles...

Poppy reprit :

— Je me concentre sur la sculpture. Peut-être parce que j'ai l'habitude de façonner toutes sortes de coiffures à mains nues ! Que penses-tu de ma coupe ?

Ses cheveux poussaient à une vitesse fantasmagorique. Elle arborait aujourd'hui une petite crête turquoise. Cedar hésita.

— Oh, eh bien, c'est assez… catastrophique.

Poppy n'en revenait pas !

— Désolée, je ne voulais pas dire ça ! s'excusa Cedar, embarrassée. Je respecte ton style, même si on jurerait qu'un oiseau a construit son nid sur ta tête !

Poppy n'en revenait toujours pas !

— Oh, désolée ! répéta Cedar.

— J'y suis ! s'exclama alors Humphrey.

Il se mit à rapper, ses longues mains blafardes marquant le rythme :

Yo, Cedar et Poppy,
La dispute est finie !
La hache est enterrée,
La trêve est demandée !
Pas d'argument pourri,
Ni méchant ni gentil,
Laissez-nous profiter,
De la paix retrouvée,
En évitant, c'est mieux,
De discuter cheveux !

Humphrey sourit, tout fier d'avoir selon lui résolu le problème. Poppy paraissait pourtant déconcertée.

— Désolée, susurra encore Cedar.

Enfin, Apple se dressa au fond de la pièce et tout le monde se tut.

— Bienvenue, mes amis ! Depuis le Jour de l'Héritage, je me délecte de nos petites réunions des Faiseurs de Contes se Confrontent ! Nous analysons d'habitude la situation des Rebels...

— Et celle des Royals, s'interposa Raven.

— ... et celle des Royals, concéda Apple. Néanmoins, l'ordre du jour portera exceptionnellement sur un sujet encore plus grave.

— Ouais ! ponctua Sparrow. Moi, je veux parler de cette pièce de théâtre, qu'on nous a jouée. Nom d'Ever After, qu'est-ce que c'était, au juste ?!

— Fenfafionnel ! rétorqua Helga Crumb, poing levé. Une œufre d'art !

— Tu as raifon, coufine ! enchaîna Gus Crumb. Le directeur Grimm est un audeur de chénie !

Apple toussota.

— Notre sujet concerne plutôt l'apparition subite de Bandersnatch...

— Vous croyez qu'ils ont un rapport avec la pièce de Grimm ? questionna Blondie, filmant le meeting à l'aide de son MirrorPad.

— Des monstres qui s'échappent de leur royaume, c'est le genre de drame auquel il faut s'attendre quand certaine personne refuse de suivre leur Destin Tout Tracé, articula Faybelle Thorn en fusillant Raven du regard.

Assis sur le manteau de la cheminée, Nathan Nutcracker claquait des mâchoires.

— Je n'aime pas ça du tout ! gémit-il.

— Une reine est à la taille exacte de son aquarium, alors défiez-vous de perdre trop d'eau ! alerta Lizzie.

Apple grimaça.

— Tu nous traduis, s'il te plaît ?

Lizzie fourra vite une carte dans sa poche.

— Pas la peine. Cela sort du contexte.

— Mais pourquoi faut-il *toujours* en revenir aux clans Royal et Rebel ? soupira Cerise.

— Parce que ce genre d'imprévus démentiels ne se produisait pas *auparavant*, répliqua Apple en jetant un coup d'œil bienveillant à Raven.

— Je ne vois pas le rapport entre mon refus de signer le *Livre des légendes* et la venue des Bandersnatch dans la montagne ! protesta cette dernière.

— En tout cas, ça n'a pas aidé, bougonna Faybelle.

Cedar se redressa comme un pantin.

— Nom d'une écharde ! Raven n'a rien à se reprocher. Elle a eu raison de ne pas signer !

— Mais de quoi te mêles-tu, miss Pinocchio ? Tu

n'as aucun intérêt à être une Rebel ! Si tu suivais ton histoire, tu connaîtrais ta Fin Heureuse en devenant une *vraie* jeune fille !

— Sans doute, Faybelle. En ne suivant pas ma destinée, je risque de rester prisonnière de ce corps de bois à tout jamais. Mais être prisonnière d'une vie sans liberté de choix me semble pire encore ! Quel choix ai-je, si je suis condamnée à dire malgré moi tout ce qui me passe par la tête ?

Là, Cedar évita de regarder Poppy, de peur de laisser échapper une nouvelle cruauté sur ses cheveux.

— Être une Rebel signifie que tu décides par toi-même, conclut-elle. Rien n'a plus de valeur à mes yeux !

— Bien parlé ! la félicita Maddie. Dommage que je n'aie pas eu une bonne tasse de thé à déguster pendant ce discours...

Elle remarqua alors la tasse qu'elle tenait à la main.

— Superlifique ! Cessez les hostilités, j'ai retrouvé mon thé !

— Rebel, Royal, la belle affaire, fit Kitty. Si tu te fiches de savoir où tu vas, le chemin que tu empruntes n'a aucune importance.

— Mais faire des choix n'est pas simple, enchaîna Cedar. Cela peut affecter ton entourage. Alors, si on n'est pas certain de savoir où aller, peut-être vaut-il mieux aller nulle part, finalement ?

— Ou au contraire foncer droit devant au hasard ! s'écria Briar.

— Ah oui ? ironisa Apple. Et si tu tombes d'une falaise ?

— Pas de problème, si c'est le destin !

Lizzie secoua la tête.

— On devrait toujours savoir exactement ce qui nous attend, et le vivre en tous points comme prévu.

— Hé, regardez ! coupa brusquement Cerise.

Elle montrait du doigt la pendule du grand-père d'Apple. Un lapin venait de surgir devant le cadran. L'heure sonna, et le lapin détala. Personne ne se serait étonné de l'irruption d'une souris, à Ever After. Mais un lapin ?!

— Waouh ! souffla Dexter, incrédule, en rajustant ses lunettes.

— Tic tac toc, trop toc ! murmura Cerise.

— Raven, c'est toi, ce tour-là ?

— Non, Apple. Je n'ai aucune idée du sortilège des lapins.

Cedar ne put s'empêcher de lancer :

— Le lapin a lu l'heure, j'en suis certaine !

— Tu m'en diras tant ! maugréa Faybelle en levant les yeux au ciel.

Lizzie brandit son sceptre.

— Ah ah ! Quelle est la différence entre une souris et un lapin ? demanda-t-elle.

— Tous les deux sont mignons, doux... commença Ashlynn.

— Je répète : quelle est la différence entre une souris et un lapin ? insista la princesse de Cœur. Et entre un ours et un Bandersnatch ? Ah ah ! Ça vous trouble, non ? C'était mon but !

Cedar poussa un soupir. Heureusement que les divagations de Lizzie remettaient un peu de normalité dans cette journée déjantée...

Apple recentra alors la conversation sur les Bandersnatch et sur la recommandation du directeur de ne pas sortir du lycée. Cedar s'appliqua à écailler la peinture bleue, au bout de ses doigts. Avec un peu de chance, si elle parvenait à ignorer tout ce qui se passait autour d'elle, elle éviterait de proférer une nouvelle sottise qui blesserait ses rares camarades...

CHAPITRE 10

RAISONNABLE MALGRÉ SOI ?

Quand Apple leva la séance, Lizzie était si préoccupée qu'elle oublia de crier « Qu'on lui coupe la tête ! » avant de quitter la pièce...

Car la princesse de Cœur s'y connaissait, en lapins. Non pas qu'elle les ait aimés – trop duveteux et pas assez hérissons à son goût –, mais en tant que future reine, elle était toujours *informée* de leur présence. Or, en dépit des grandes oreilles qu'elle avait vues de ses propres yeux, à aucun moment elle n'avait détecté de présence lapinesque dans la chambre.

Pour un peu, sa démarche majestueuse se serait transformée en gambadement. Son estomac bourdonnait d'excitation. Des Bandersnatch ! Des Jeubjeub !

Des lapins obsédés par l'heure ! Ses fidèles sujets du Pays des Merveilles avaient-ils trouvé un moyen de la rejoindre ? Elle perçut tout à coup un souffle, dans son dos.

— Il est inconvenant de se dissimuler à sa future souveraine ! proféra-t-elle.

Kitty se matérialisa à son côté. Lizzie s'emballa aussitôt :

— Alors ? Que penses-tu de ce lapin ?!

— Tu veux parler de la souris grimpeuse de pendule qui a été mystérieusement lapinisée ? susurra Kitty.

— Oui ! Cela ne t'énerve pas d'ignorer comment c'est arrivé ? Moi, si, ça m'intrigue !

Le sourire de Kitty s'évapora.

— Du calme, Princesse Nerveuse ! Mais maintenant que tu le dis, ça *m'intrigue* aussi.

À l'insu des habitants du Pays des Merveilles (excepté Maddie qui espionnait le Narrateur sans en avoir l'air), Lizzie et Kitty venaient de prononcer le verbe « intriguer » pour la première fois de leur vie.

— *Grrrrrr !* grogna la fille du Chat du Cheshire, hautement contrariée.

Maddie, qui cherchait au même instant où sautiller, surprit les propos *intrigants* du Narrateur et rejoignit ventre à terre ses amies.

— Je suis soucieuse ! s'exclama-t-elle.

Elle se plaqua la main sur la bouche.

— Oh non ! Voilà que ça me prend, moi aussi !

— De quoi ? interrogea Lizzie.

— J'ai employé « soucieuse », et non pas « déglingoverse », « pulsocrispée » ou « verminquiète » ! Utiliser « soucieuse », c'est encore pire que dire « intriguée »... Cela sonne tellement Afterien !

Elle ajouta à voix basse :

— C'est d'un *ennui mortel*, cette langue ! C'est insipide, cela vous assèche le cœur !

— Nous sommes ici depuis pas mal de temps, remarqua Kitty. Que notre façon de parler s'imprègne de l'Afterien ne m'étonne guère...

À ces mots, Kitty écarquilla les yeux en se couvrant à son tour la bouche.

— Tiens, tu vois ! s'égosilla Maddie. Tu as dit « imprègne » et...

— Ne répète pas ça ! la supplia Kitty.

— Ça, répéta immédiatement Maddie.

Lizzie et Kitty s'exclamèrent en chœur :

— Non, pas ça !

Et ce bref retour de grand n'importe quoi les rassura un peu : tout n'était pas perdu !

— Ouf ! lâcha Maddie. Le Narrateur vient de dire que tout n'était pas perdu. Retrouvons donc la part exacte de ce qui est perdu, et tout rentrera dans l'ordre.

Lizzie se demandait cependant s'il n'y avait pas déjà autant de perdu que de trouvé... Le Pays des Merveilles l'avait peut-être finalement retrouvée ?!

— Comment, Lizzie ? s'exclama Maddie. Tu penses que le Pays des Merveilles est en train d'entrer dans le royaume d'Ever After ?

La princesse de Cœur pesta :

— Espèce de bavard-curieux-je-me-la-joue-tout-puissant de Narrateur-à-la-noix ! Puisque vous n'avez aucun respect pour la vie privée des membres de la famille royale, expliquez-nous ce qui se passe avec ces Bandersnatch, ces Jeubjeub, ces souris lapinisées, le « soucieuse » de Maddie et l'« imprègne » de Kitty !

Silence. Seul le Narrateur s'exprimait en cet instant... Et encore, tout le monde ne l'entendait pas.

— Alors, Maddie, le Narrateur a répondu un truc ? s'impatienta Lizzie.

— Des banali-thés sans la moindre utili-thé ! C'est une règle de narration : ne jamais interagir avec les héros de l'histoire. Sauf qu'avec un peu d'astuce, je te garantis qu'on peut parfois lui tirer les vers du nez, au Narrateur !

Là-dessus, Maddie se trompait lourdement. Au moins en ce qui concernait votre honnête serviteur.

— Mais on a besoin d'aide, admit Lizzie à contrecœur.

L'une des cartes de sa mère était pourtant très claire à ce sujet :

♥

Les vermisseaux ont BESOIN de choses et d'autres,
Mais une princesse de ton rang
ORDONNE des choses et d'autres.
Mets tes affaires en ordre en leur ordonnant
D'être ce qu'elles sont,
Puis amuse-toi à leur ordonner,
D'être ce qu'elles ne sont pas.

♥

Lizzie soupira.

— Hélas, nos pensées deviennent trop raisonnables pour que nous parvenions à résoudre quoi que ce soit par nous-mêmes.

— Apple et Raven pourraient…

La princesse de Cœur frappa son sceptre contre le mur.

— Non, Maddie ! Ces deux-là sont les championnes de la logique ! Il nous faut de la merveillance, de l'énigmatique et du tordu. Seul l'absurde donnera un sens à l'irrationnel !

— Dans ce cas, j'ai une excellente i-thé, mais j'ai peur qu'elle ne soit raisonnable malgré moi…

— Fais le poirier, ça la remettra d'aplomb ! suggéra Kitty.

— Superlifique !

Maddie s'exécuta. En équilibre sur son chapeau, elle osa :

— On devrait aller voir Giles Grimm, le frère du directeur. Il vit dans une cave secrète, sous la bibliothèque, et il ne parle que le charadien.

Lizzie se rendait souvent à la bibliothèque afin de feuilleter des livres qui lui rappelaient son chez-elle. Ils ne se lisaient pas à l'envers, ne bavardaient pas et ne s'envolaient pas non plus. Mais ils contenaient des anecdotes et des illustrations du Pays des Merveilles, ce qui lui apparaissait très réconfortant.

Sans hésiter, elle emboîta le pas à Maddie et à Kitty. Elles traversèrent la bibliothèque, contournèrent les piles de livres, sortirent du bâtiment, franchirent le terrain de sport, tournèrent trois fois autour d'un arbre, regagnèrent la bibliothèque, passèrent à travers un mur, descendirent un étroit corridor qui vous flanquait la chair de poule et débouchèrent dans la Bibliothèque Secrète.

— Il n'existe pas de chemin plus direct ? s'étonna Lizzie.

— Si, sûrement, répondit Maddie.

Elle pointa l'index vers un tas de guenilles, devant un bureau, et ajouta :

— Voilà Giles ! Salut, Giles !

Les guenilles se levèrent. Lizzie réalisa alors qu'il s'agissait d'un homme vêtu de haillons et estima que nul ne pourrait lui tenir rigueur de l'avoir d'abord confondu avec un tas d'ordures. Elle choisit ses mots avec soin :

— Heu... bonjour, demi-directeur Grimm !

Giles avait été autrefois codirecteur. Lizzie l'ignorait, ce dont nous ne lui tiendrons pas rigueur.

— Le petit groupe trouve moult étranges circonvolutions dans un lieu non dévoilé de brume embrumée, gente damoiselle, déclara Giles en souriant sous sa barbe grise hirsute.

— En effet, acquiesça Lizzie avant de chuchoter à l'oreille de Maddie :

— Je n'ai pas tout compris. Normalement, je suis bonne en charadien... Ce doit être cette satanée raisonnabili-thé qui me brouille le cerveau !

— Pareil, confia son amie. Je me demande si c'est mon moi ou son lui qui a changé...

Giles opina du chef.

— On n'est pas au bout de nos surprises. On trouve de tout, de rien, et plus encore. Le royaume saugrenu libère de l'angoissant, Mesdames Trois Nièces.

— Vous voulez dire le Pays des Merveilles ? s'enquit Maddie.

— Fixez l'ours les yeux dans les yeux, et Bandersnatch pur et dur deviendra-t-il.

— Il est au courant ! s'écria Lizzie.

— Pur et dur sera la nourriture inique du cauchemar jadis Li-Cairné, poursuivit Giles. Surtout, n'oubliez pas le beurre à Bandersnatch !

Lizzie fronça les sourcils.

— Si on donne cette impression aux gens d'Ever After, quand on leur parle, c'est très frustrant...

— Il devrait peut-être faire le poirier, souffla Maddie.

Lizzie tenta autre chose :

— Monsieur le demi-directeur Grimm, dites-nous de la manière la plus alambiquée possible si les choses sont, oui ou non, en pleine mutation dans le coin...

Giles se concentra, puis jeta d'un ton inspiré :

— Oui.

— Question idiote ! rouspéta Kitty. Nous le savons déjà, ça ! C'est le pourquoi du comment, qui nous manque. Et aussi si on aura droit à notre tranche de gâteau.

— Je ne t'ai pas empêchée de poser une question plus maligne, VermiChat ! persifla Lizzie.

Maddie éclata de rire.

— Vous voyez qu'il est chouette, ce surnom !

Kitty ne paraissait pas de cet avis.

— La paix, VermiConte...

De toute évidence, Maddie s'adressait au Narrateur, bien que celui-ci ait expressément souligné qu'on ne devait jamais s'adresser directement à lui.

Tout à coup, Giles Grimm s'évanouit dans les airs, laissant à sa place une colonne de livres qui s'écroula par terre.

— Et flûte ! bougonna Lizzie. Il disparaît pile au moment où j'avais une meilleure question à lui poser : faut-il décapiter Kitty ?

Cette dernière renifla les livres.

— Il n'a pas disparu, je ne sens aucun effluve citronné de disparition. Je crois qu'en réalité, il s'est transformé en ce tas de livres.

Lizzie perçut à nouveau le bourdonnement d'excitation, au creux de son estomac. Ces métamorphoses intempestives respiraient la merveillance à plein nez !

Le Pays des Merveilles s'en vient !

Pourtant, un détail la chiffonnait. La magie merveilleuse vous rétrécissait, vous repliait, ou vous gigantisait à volonté, mais sans vous changer intrinsèquement.

Un homme qui devient des livres ? De quelle sorte de magie s'agissait-il là ?

— Puis-je mettre les Giles-Livres dans mon chapeau et les emporter ? demanda Maddie.

— Et si Giles se retransformait subitement, grosse maligne ?!

— Remarque très judicieuse, Kitty, merci ! s'exclama la fille du Chapelier Fou.

Kitty gémit.

— Je ne veux pas faire de remarque judicieuse, c'est trop Afterien !

— Ça suffit, s'interposa Lizzie. Laissez Giles-Livres tranquille. On en touchera un mot au directeur Grimm à son retour de la montagne.

— *S'il revient*, asséna Maddie.

Elle se mit alors à tousser.

— Pardon, j'avais un chat dans la gorge, s'excusa-t-elle. *Miaou !*

Elle tira la langue : un minuscule chaton bleu s'étirait dessus, puis il bondit hors de sa bouche avant de s'enfuir à toutes pattes. Maddie loucha de stupéfaction. Lizzie se réjouit tout bas.

Oui, le Pays des Merveilles m'a bien retrouvée !

CHAPITRE 11

L'OMBRE D'UN DOUTE

CEDAR WOOD SE SENTAIT AUSSI VIDE QU'UNE vieille souche. Sa conversation avec Poppy l'avait anéantie. La réunion terminée, elle ne traîna pas, ses joints grinçants pendant sa course, pour regagner l'abri de sa chambre.

Là, elle ouvrit sa boîte de peinture. Une tache noire se posa sur son index comme une invitation à noyer ses tourments dans l'art. *Si tu suivais ton histoire, tu connaîtrais ta Fin Heureuse en devenant une vraie jeune fille !* lui avait dit Faybelle.

Sauf si je ne suis qu'un morceau de bois qui se figure seulement être quelqu'un... déplora intérieurement Cedar.

Elle ferma ses paupières rigides afin de calmer ces sombres pensées. La tristesse, imaginée ou pas, s'insinuait dans son petit cœur de bois. Elle décida de la chasser en essayant de la peindre.

Elle remplaça la toile de son chevalet par une plaque de bois sur laquelle elle traça les contours d'un jardin plongé dans la pénombre de l'aube.

La peinture laissait percevoir les inégalités de la plaque de bois comme partie intégrante du tableau. Cedar réalisa alors à quel point cela lui ressemblait : le bois prenait vie, sans jamais disparaître tout à fait sous l'image.

Voilà ce qu'elle aimait, dans l'art : sa faculté à traduire l'indicible, à révéler la réalité quand l'esprit avait tant de peine à la cerner !

Ce jardin n'est pas véridique, mais il vaut peut-être quand même le coup ? se dit-elle.

Elle pêcha un petit couteau dans son matériel afin d'aiguiser la plume d'oie avec laquelle elle esquissait les traits les plus fins. Cedar n'ayant pas besoin de prendre de précautions particulières, la lame ripa comme souvent et lui entailla le doigt.

Mais cette fois, une virgule écarlate apparut dans la coupure. Cedar crut d'abord qu'il s'agissait de peinture, cependant la virgule enfla jusqu'à former une goutte épaisse qui s'écrasa sur le tapis violet. À sa vive stupeur, Cedar *sentit pour de vrai* une espèce de pulsation chaude, au bout de son doigt.

— J'ai mal ?! murmura-t-elle, interdite.

Son doigt saignait.

— Cerise ! Regarde, je saigne !

Mais sa camarade de chambre n'était pas là. Cedar examina son doigt de près. Il était plus souple qu'à l'accoutumée. Pourtant, le reste de son corps n'avait pas changé. Les chevilles de cuivre aux articulations, le nœud ovale dans le bois de sa cuisse gauche, comme une tache de naissance...

Cedar lécha sa blessure, le goût métallique du sang lui emplit immédiatement la bouche. Et *réellement*.

Elle gloussa et se mit à virevolter de joie, une danse empreinte à la fois d'une explosion de bonheur, de l'ombre d'un doute, et d'un sursaut de terreur. Que se passait-il ? Un miracle... ou une tragédie ?!

Incapable de demeurer en place, Cedar fonça dans le couloir en hurlant :

— Hé, au secours ! Ou plutôt hourra ! Enfin, un des deux, quoi !

Personne ne lui répondit. La porte de Maddie étant ouverte, elle entra. Earl Grey, le loir domestique de la fille du Chapelier, arpentait la table à thé en couinant d'un air théâtral. Il portait un ensemble en soie noire et tenait un crâne au creux de sa patte.

Earl Grey répétait une scène de *Hamlet*, de Shakespeare.

En apercevant la visiteuse inattendue, il lâcha vite fait le crâne et s'adossa comme si de rien n'était à une tasse.

— Sais-tu où est Maddie ? lui demanda Cedar.

Il fit signe que non, remit son chapeau claque sur sa tête et bondit sur l'épaule de Cedar, impatient de partir avec elle à la recherche de Maddie.

De l'autre côté du couloir, la porte de Gus et Helga était entrouverte, elle aussi. Cedar jeta un œil dans la pièce et ne vit que deux gros tas de miettes de pain, au milieu du tapis.

Une nouvelle sensation inédite la saisit alors, comme si des dizaines d'ongles glacés lui picotaient le corps. Elle frissonna. Jusqu'ici, son imagination n'avait jamais retranscrit avec autant de précision cet étrange état fiévreux...

Sous ses pieds, le sol se mit à tanguer comme si le château avait commencé à partir au triple galop avant de se raviser brutalement.

Cedar secoua la tête. Peut-être était-elle souffrante ?

Aurait-elle contracté une maladie rare du bois qui exacerberait son imagination magique ?

Par la fenêtre, elle aperçut des silhouettes qui

tombaient de l'étage supérieur. Au-dessus des Crumb se trouvait le balcon d'Ashlynn, où se rassemblaient de nombreux oiseaux. Cedar fonça regarder dehors. Aucun oiseau blessé ne s'était écrasé en bas, dans la cour. Mais de dodus dodos, qui venaient d'atterrir là sans savoir comment, chancelaient les uns contre les autres, la mine hagarde…

— Je sais ce que vous ressentez, souffla Cedar.

— *Couic !* renchérit Earl Grey.

Tous ces événements biscornus transpiraient la magie. Et Raven s'y connaissant mieux que quiconque en sortilèges, Cedar décida de se précipiter dans la chambre qu'elle partageait avec Apple.

Elle emprunta l'escalier. Une fois de plus, le château hoqueta sous ses pas. Les marches oscillèrent de droite et de gauche. La douleur de la coupure, au bout du doigt de Cedar, remonta soudain le long de son bras, et une fabuleuse chaleur lancinante se mit à pulser dans sa poitrine. Le ressac sur une plage, le roulement d'un tambour, le vrombissement d'une libellule, les mesures ondoyantes d'une mélodie… L'univers *dans sa totalité* pelotonné en elle !

Cedar accéléra l'allure, comme si elle souhaitait rattraper et capturer l'extraordinaire qui se manifestait… tout en souhaitant également fuir les changements angoissants de son corps.

En parvenant à l'étage supérieur, elle entendit des objets rouler dans l'escalier mais elle ne ralentit pas pour regarder de quoi il s'agissait. Elle se rua dans la chambre de Raven et d'Apple en s'égosillant :

— Il se passe un truc...

Elle n'eut pas besoin de terminer sa phrase. Ses amies savaient manifestement déjà que la plus grande bizarrerie venait d'investir Ever After.

Debout devant son miroir en pied, Apple hurlait d'effroi. Près d'elle, Raven, horrifiée, avait les deux mains sur la bouche. Le visage d'Apple se teintait peu à peu de rouge éclatant, tandis qu'une feuille vert clair s'épanouissait à la base de la petite tige qui lui *était* poussée sur le sommet du crâne.

Raven tenta de dire un mot à Cedar, mais aucun son ne sortit de sa gorge.

Cedar réalisa alors que son corps tout entier était à présent chaud, pulpeux, souple et doux. Plus de jointures en cuivre aux articulations : les rivets, les chevilles étaient tombés dans l'escalier.

Elle contempla bravement son reflet dans le miroir. Ses cheveux châtains, épais et ondulés étaient inchangés. Sa robe lavande et corail aussi. Mais en dehors de cela, elle ne se reconnaissait pas. Plus de rugosités, plus de teint brunâtre, plus de traces de griffures. Elle cligna des paupières. Ses yeux étaient humides ! Deux larmes s'échappèrent même de ses cils pour rouler le long de ses joues rebondies. Elle inspira à fond. Ses poumons enflèrent, sa poitrine se gonfla, le battement incessant s'amplifia... Un *cœur* !

Cedar possédait un cœur.

Un vrai cœur qui cognait en rythme.

Elle pressa les mains sur sa poitrine, pleurant de joie, de peur et d'émerveillement, si pleine de la musique de la vie qu'elle avait l'impression qu'elle pourrait en imploser !

— Raven, que se passe-t-il ? interrogea-t-elle dans un chuchotement.

Un croassement paniqué fut la seule réponse qu'elle obtint de son amie.

CHAPITRE 12

~~LE PAYS DES MERVEILLES M'A RETROUVÉE~~ Cupcakes à gogo !

LIZZIE, KITTY ET MADDIE QUITTÈRENT la bibliothèque, des espèces de frottements d'ailes invisibles battant au-dessus de leur tête. Les livres chuchotaient-ils entre eux ? se demanda Lizzie. À moins que l'air lui-même n'ait subitement pris vie... ?

Dans le couloir, les chaises rassemblées en conciliabule se dispersèrent à l'approche des trois filles, leurs pieds de bois frappant le sol comme de petits sabots.

Lizzie se sentait si bien qu'elle éprouva le désir de jouer au croquet et frappa un hérisson imaginaire, balançant son sceptre dans le vide tel un flamant rose-maillet.

— Le changement est en marche, fredonna-t-elle.

Soudain, le tapis ondula sous ses pieds. Vite, Lizzie s'en écarta avec toute la méfiance recommandée par sa mère, et les franges de laine se mirent à se tortiller sur le sol.

Par la fenêtre, elle surprit l'envol de l'une des gargouilles de la façade du lycée... lorsque la vitre cligna de l'œil. Stupéfaite, Lizzie recula d'un pas. Le comportement de cette fenêtre lui paraissait des plus impolis !

— Oh là là ! C'est merveillationnel ! s'exclama joyeusement Maddie.

Le Pays des Merveilles vient me chercher.

Lizzie sourit d'un sourire de Kitty. Son royaume d'exil devenait enfin tel qu'il lui convenait ! Peut-être serait-il bientôt aussi fantasti-gorique que son Square fleuri... et adieu le mal du pays !

Mais d'abord, il lui faudrait instaurer quelques règles de savoir-vivre à son nouveau royaume. Sa mère comptait certainement sur un minimum de remise en ordre !

— Quelle étrange-thé ! remarqua alors Maddie. On n'entend personne s'affoler devant l'apparition de ces merveillances. Les Afteriens devraient pourtant se montrer... *soucieux !*

— Peut-être ont-ils enfin abandonné leur « trop bon sens », répondit Lizzie.

— Qui sait ? Hé, Narrateur ! Que font Apple et Raven ?

Si Maddie espérait que le Narrateur bafouerait pour elle le principe de non-interactivité avec ses personnages, elle se trompait lourdement.

— Bon, souffla Maddie. Quand le Narrateur se la joue secret et respectueux des codes, cela signifie qu'un truc énormissime se trame et qu'il meurt d'envie de me le révéler...

Faux !

— Nous devrions aller voir comment vont Apple et Raven et tout leur expliquer, reprit Maddie.

— Leur expliquer quoi ? s'étonna Kitty. On n'est au courant de rien !

— Eh bien, nous ferons semblant de l'être, proclama Lizzie. « Détiens le grand-savoir ! »

Adage qu'elle connaissait d'une carte de sa mère :

♥

En haut, en bas, à l'endroit, à l'envers :
Fais toujours mine de savoir,
Car tu détiens le grand-savoir !

♥

Elles se rendirent donc à la chambre de leurs amies. En chemin, elles croisèrent un autre groupe de chaises pliantes bavardant en meublais. Lizzie fronça les sourcils.

— Qu'est-ce qu'elles peuvent se raconter ? Une vie de meuble n'est guère passionnante !

— Elles essaient peut-être de la rendre plus passionnante, émit Kitty.

Lizzie frémit. Ils auraient plutôt intérêt à lui obéir, ceux-là ! Si le Pays des Merveilles s'installait bel et bien à Ever After, elle n'aurait pas une seconde à gaspiller en idiotie. Elle devrait se montrer à la hauteur de la Reine de Cœur !

La porte qui menait à l'aile des dortoirs déglutit au passage des trois filles.

— Beurk ! J'ai l'impression d'avoir été avalée tout rond ! rouspéta Kitty.

Enfin, elles entrèrent chez Raven et Apple.

— Salut, les copines ! lança Maddie avant de se raviser, déçue : Flûte, il n'y a personne...

— Il n'y a personne *nulle part*, précisa Kitty.

Le lycée était désert, en effet. Du moins en ce qui concernait les êtres humains.

— C'est comme si nous étions passées de l'Autre Côté du Miroir... sans miroir, ajouta encore Kitty.

Un léger murmure s'éleva du fond de la pièce, comme le gémissement d'un morceau de beurre traqué par une tartine grillée. Mais Lizzie ne l'entendit pas, Kitty choisit de l'ignorer, et Maddie jugea de façon étonnamment sensée que le dortoir de ses amies n'abriterait jamais ni de beurre parlant, ni de tartine prédatrice.

— Alors, c'est qu'il y a quelqu'un qui se cache ici ! conclut-elle brusquement après avoir écouté le Narrateur.

— Nous ferions mieux d'aller chercher nos professeurs, proposa Lizzie.

Kitty grimaça.

— C'est horriblement raisonnable !

— Nom d'une carte à jouer, qu'est-ce qui m'arrive ? s'affola la princesse de Cœur.

De son côté, Maddie appela :

— Qui est là ?

Une paire d'yeux émergea timidement de derrière le bureau.

— Cedar !

Maddie fonça la prendre dans ses bras.

— Tu es de chair et d'os, ma parole ! s'exclama-t-elle. Et tu trembles, tu as froid ? Ah non, tu as peur, d'accord. Je parie que tu venais voir Raven et Apple, toi aussi. Mais elles ont disparu, comme Giles Grimm !

— Il n'a *pas* disparu, et elles non plus, corrigea Kitty en reniflant dans la pièce.

Un grand oiseau noir se percha alors sur le bureau en croassant.

— Une corneille ! s'écria Lizzie.

— Non, un *corbeau*[1], susurra Cedar.

Puis, désignant une grosse pomme rouge, par terre :

— Et voici Apple[2]...

— Oh, miam ! pouffa Lizzie. Trop savoureux !

Cedar la fusilla d'un regard scandalisé. Elle s'empressa de rectifier :

— Je ne parlais pas littéralement, bien sûr. Qui voudrait déguster du corbeau cru, de nos jours ? Et cette pomme étant Apple, elle est à tous les coups bien trop sirupeuse... et pleine d'organes ! Un conseil, les gens : ne mangez pas ça !

Là-dessus, quelqu'un tira la chasse d'eau, et un crocodile trapu sortit de la salle de bains, debout sur ses pattes arrière, un journal coincé sous le coude.

— Salut, la compagnie, dit-il en se remettant à quatre pattes. J'ai comme un petit creux, moi...

— Un creux où ça ? questionna Lizzie, toujours partante pour discuter avec un crocodile.

— À l'estomac, pardi ! rétorqua-t-il en se précipitant sur Apple-pomme.

---

1. Corbeau se dit « raven », en anglais. *(Toutes les notes sont de la traductrice.)*

2. « Apple » signifie pomme, en anglais.

Aussitôt, Raven-corbeau lui plongea dessus en piqué. Le crocodile rouspéta :

— Ça va, crétin de volatile, je veux juste bouffer un peu !

Vite, Maddie ramassa Apple-pomme et la cacha dans son chapeau avant de filer dans le couloir avec les autres en s'exclamant :

— Viens, Raven, on se fiche de Petit-Creux !

Seule Lizzie demeura immobile, fascinée par les crocs du crocodile. Elle aurait pu faire tant de choses formidables, avec une mâchoire pareille ! Heureusement, Raven lui picora le crâne pour la tirer de sa rêverie, et elle s'enfuit avec ses amies, échappant de peu au festin de l'animal.

— D'où venait ce crocodile ? haleta Cedar en claquant la porte de la chambre.

— Il a dû remonter des toilettes, fit Maddie. Il paraît qu'il y en a des tas, dans les égouts.

— Tu confonds avec les alligators, grogna Kitty.

— Oh, oui, les alligators... ben alors, je n'en sais rien ! lâcha Maddie.

Une secousse agita le sol, comme si le monde décidait subitement de tourner en sens inverse. Lizzie se frotta les mains à la perspective de nouveaux bouleversements. Cedar s'éloigna d'un bond de la porte.

— Vous croyez que le crocodile va sortir ?

— Il manque de pouces opposables pour actionner la poignée, voyons ! déclara Lizzie.

— Mais il pourrait la *dévorer*, suggéra Kitty.

Lizzie haussa les épaules.

— Du monde se réunit dans la cour, lança-t-elle tout à trac. Une reine ressent ce genre de choses.

— Sauf que tu n'en es *pas encore* une, marmonna Cedar.

— Si je soutiens que je suis reine, c'est que je suis reine ! beugla Lizzie en dévalant l'escalier. Établir la réalité est ma prérogative royale !

— Ta quoi ? interrogea Maddie.

Lizzie snoba sa question. Primo, elle n'était pas sûre de la définition du mot « prérogative ». Deuzio, elle s'inquiétait de se mentir à elle-même, ainsi qu'aux autres, en se prétendant prête à monter sur le trône...

♥

Une reine qui s'inquiète des autres
Est comme un pâtissier
Qui s'inquiète de trop de cupcakes confectionner...
Trop de cupcakes ?! Mais il n'y en a jamais trop !
Ne t'inquiète donc pas pour tes sujets...
Et bourre-toi de cupcakes à gogo !

♥

« L'ennui, c'est que je ne peux pas m'empêcher de m'inquiéter, Mère ! » aurait voulu avouer Lizzie.

Il faudrait ajouter une carte à son jeu : celle où sa mère expliquerait comment vivre libre de toute angoisse...

Serrant les poings, Lizzie se rendit d'un pas majestueux dans la cour. La modeste part d'elle-même qui ne se tourmentait pas vibrait d'enthousiasme !

Le Pays des Merveilles m'a retrouvée !

Les rayons du soleil illuminèrent sa couronne d'or. Des rangées de chaises s'alignaient sur les pavés face à une estrade montée là pour un événement précis. Oui, mais lequel ? Son couronnement ?

Lizzie redressa le menton et, souriant largement, posa une main sur la boule d'incertitude qui lui nouait l'estomac, l'autre sur son cœur qui battait la chamade.

— Ces sièges n'étaient pas là tout à l'heure, nota Cedar.

— Les élèves et les profs doivent être enfin de retour, alors ! se réjouit Maddie. Hourra !

Les chaises se retournèrent brutalement dans leur direction. On aurait juré qu'elles les *toisaient*...

— Oh-oh ! ânonna Kitty.

Cedar frémit.

— En fait, ces chaises n'ont pas eu besoin de profs ou d'élèves pour s'installer, bredouilla-t-elle. À votre avis, c'est quoi, le discours de l'estrade ?

Un craquement indéfinissable émana de celle-ci. Les chaises semblèrent acquiescer... et chargèrent ! Lizzie retint son souffle : on ne préparait pas son couronnement, par ici. On fomentait une révolution, au contraire !

— *Sauve qui peut !* hurla-t-elle.

Ses amies lui obéirent sans hésiter. Kitty, qui courait à reculons, remarqua :

— Elles ne sont pas tellement rapides...

— Tu divagues ?! s'étrangla Lizzie en jetant un coup d'œil derrière elle. Elles gagnent du terrain !

— Nous ne sommes pas tellement rapides non plus, riposta Kitty en disparaissant et réapparaissant dans la foulée en tête de cortège.

Cedar, hors d'haleine, gémit :

— Je ne tiendrai pas... le rythme... Je n'ai pas... l'habitude... de respirer...

Maddie lui prit la main. Le groupe traversait les couloirs du lycée au triple galop, croisant des rideaux capricieux, enjambant des tapis ronchons, contournant des bancs malicieux... Les chaises pliantes demeuraient sur leurs talons, entraînées par l'estrade dont les sifflements du micro sonnaient comme un cri de guerre.

— Les chaises nous reprochent peut-être d'avoir

posé si souvent nos derrières sur elles, suggéra Maddie.

— En tout cas, cela n'a *rien* de merveillationnel ! nota Lizzie avec amertume.

Soudain, au détour d'un corridor, elles aperçurent une maisonnette en bois, en travers de leur chemin.

— Hutling ! s'égosilla Maddie.

En entendant son nom, la maisonnette se tourna vers les fuyardes, sa façade-visage percée d'une bouche-porte. Le bébé de la maison magique de Baba Yaga avait éclos deux semaines auparavant. Mais il était déjà si grand que, lorsqu'il se tenait debout sur ses fragiles pattes de poulet, Maddie ne pouvait atteindre la poignée.

L'armée de chaises enragées progressait dans une fureur indicible. La maisonnette cliqueta de détresse, avança de quelques pas et vint se placer au-dessus de Maddie et ses amies, comme une poule protège sa couvée.

— Et si elle nous écrabouille ? paniqua Cedar.

— Bébé-chaumière est mon copain ! se récria Maddie. On joue tout le temps à cache-cache ensemble !

Puis, dans un murmure moqueur :

— Elle est facile à berner : je me cache dans son salon !

Les chaises pilèrent net devant la maisonnette, se tournant à droite et à gauche, l'air confus.

— Je ne comprends pas, souffla Cedar. Elles ne peuvent pas nous voir, ou quoi ? On est juste sous leur nez !

— Évidemment, elles ne peuvent pas nous voir ! affirma Lizzie, sans trop savoir cependant si elle en était sûre, ou prétendait l'être.

Hutling s'ébranla alors et s'éloigna. Lizzie suivit le mouvement à petits pas en recommandant aux autres :

— Restez bien sous le bébé-chaumière, surtout !

Kitty redressa les oreilles.

— Vous avez entendu ? On aurait dit du verre brisé, mais en plus... venteux.

— Du vent brisé ? gloussa Maddie.

Cedar blêmit.

— Oh non... Ce ne serait pas une *Tornade de Verre*, quand même ?!

Nul n'en avait jamais vu. La légende racontait que les colossales et catastrophiques Tornades de Verre ne se produisaient que lorsque de nombreux Miroirs Magiques se brisaient en même temps. Jusqu'ici, Lizzie n'y croyait pas plus qu'aux licornes à pois, aux champignons ailés, ou aux lapins monstrueux.

Mais d'un autre côté, en ces temps troubles de changements prodigieux...

Le tumulte amplifiait de seconde en seconde. L'ouragan sifflait, les bruits d'éclats s'entrechoquaient, le vent tournoyait... et dix mille pendules égrenèrent subitement les douze coups de minuit dans un vacarme assourdissant !

— Tornade de Verre ! alerta Lizzie. *Fuyons !*

CHAPITRE 13

PIÉGÉS !

LES PORTES DU GRIMMNASIUM S'OUVRIRENT devant les fugitives.

— Vite, entrez ! invita Daring Charming, la mine exténuée mais l'allure toujours aussi fringante.

Le fracas de bris de glace faisait rage dans le couloir. Sans hésiter, la maisonnette fonça dans le Grimmnase, Raven-corbeau volant à sa suite. Mais Cedar fut retenue à l'arrière par l'attaque intempestive d'une chaise pliante. Sur le point de repousser l'ennemi, elle aperçut au bout du corridor un immense tourbillon constitué d'éclats de miroir qui se précipitait en vibrionnant furieusement vers eux. Le spectacle était aussi traumatisant que magnifique, la lumière se reflétant sur chaque petit fragment de verre virevoltant. Cedar, stupéfaite, se prit même à réfléchir au meilleur moyen de rendre ce fabuleux effet en peinture...

La chaise, quant à elle, chargea siège baissé la Tornade de Verre, et termina broyée en mille morceaux.

— Cela t'apprendra à oser agresser l'entourage direct de l'héritière du trône du Pays des Merveilles ! rugit Lizzie.

— Allez, quoi ! pressa alors Maddie en entraînant Cedar et Lizzie à l'intérieur du Grimmnase.

Ouf ! Daring claqua les lourdes portes, juste au moment où une pluie d'échardes de verre les mitrailla. C'était moins une !

Il s'adossa nonchalamment aux panneaux métalliques, souriant de toutes ses dents d'une blancheur aveuglante.

— Enchanté de vous avoir secourues, gentes damoiselles en détresse !

Lizzie roula des yeux. Cedar s'inquiéta :

— La Tornade de Verre peut-elle traverser les portes du Grimmnase ?

— Aucun risque : l'acier forgé par les Nains, c'est du solide ! répliqua Daring.

Inspectant les marques de coups et autres ecchymoses sur sa nouvelle peau, Cedar se demanda si un corps en acier de Nain ne serait pas finalement l'alternative idéale au bois et à la chair...

— Je n'ai pas eu l'honneur de me présenter, ravissante damoiselle, minauda Daring.

Il lui fit le baisemain. Aussitôt, le bras de Cedar fut parcouru de frissons.

— Je suis Daring Charming, continua-t-il. Mais les filles du lycée m'appellent Prince Charmant.

Il lui adressa un clin d'œil appuyé. Lizzie roula encore des yeux, et Cedar voulut l'imiter. Après tout, elle n'avait jamais été de celles qui battaient des cils ou se pâmaient dès que Daring agitait un muscle ! Mais elle n'avait jamais été non plus de celles qui éprouvaient de si plaisantes sensations lorsqu'on lui embrassait la main... Finalement, être de chair et d'os, cela apportait pas mal de satisfactions !

— Tu ne reconnais donc pas Cedar, crâne de Jeubjeub ? cracha Lizzie, agacée. Elle a changé, voilà tout !

— Ce n'est pas la seule, rétorqua Daring.

Il désigna le Grimmnase au plancher ciré, autour d'eux. Au matériel sportif habituel qui longeait les gradins, le terrain de basket et la piste de course, se mêlaient toutes sortes d'objets hétéroclites.

— Quel bazar ! grogna Lizzie.

— Avec Hunter et Dexter, on s'exerçait à escalader la tour d'entraînement lorsque tout s'est mis à devenir n'importe quoi, au lycée, confia Daring. Alors, on a réuni un maximum d'élèves ici, pour les mettre à l'abri. Daring Charming toujours à votre service ! ajouta-t-il en adressant un deuxième clin d'œil à Cedar.

Et il pointa l'index vers les objets insolites en lesquels s'étaient transformés leurs camarades de classe : une paire de souliers en cristal pour Ashlynn, une pièce montée en forme de cœur pour Cupid... Soudain, Lizzie et Cedar notèrent le duvet de fourrure grisâtre qui recouvrait le dos de la main de Daring.

— Tu as pris un sacré coup de vieux, depuis la dernière fois, Charming, ironisa Lizzie. Tu grisonnes !

— Ouais, je sais... Moi aussi, je change ! Au début, ça allait à peu près, quand on s'est tous retrouvés ici. Hunter avait du feuillage à la place des cheveux et une rose s'épanouissait derrière l'oreille de Briar, mais rien de plus. Et puis, tout s'est emballé...

Cedar vit qu'un petit arbre poussait à travers le plancher. Une hache se balançait à ses branches, qui formaient un arceau protecteur au-dessus des souliers de cristal. Derrière l'arbuste, un rosier grimpait le long du mur.

— Oh non ! souffla-t-elle.

— Au moins, Ashlynn n'est pas devenue un tas de braises et de cendres ! souligna Kitty en essayant l'un des souliers de verre. Hunter-arbre a échappé de peu à l'incendie !

Par terre, un cadenas[1] en or et un gros œuf en cuivre étaient évidemment Blondie et Humphrey. Cedar grimaça : tout le monde se métamorphosait en objet... sauf elle, devenue au contraire humaine !

Un louveteau au pelage écarlate vint se frotter la tête contre ses chevilles.

— Cerise ?! devina Cedar.

Le louveteau agita la queue. Plus loin, un énorme cygne au plumage à damier noir et blanc en pleine mue braillait : Duchess, bien sûr !

Un grelot de traîneau affublé d'une paire d'ailes féeriques voleta en tintinnabulant plaintivement. Cedar identifia immédiatement Faybelle. Au même moment, les lampes du Grimmnasium se mirent à clignoter trois fois. Puis le reflet de Milton Grimm apparut dans les miroirs qui tapissaient le pourtour de la pièce.

---

1. « Lock » signifie en anglais boucle et cadenas.

— Chers élèves ! proclama le directeur. J'utilise notre système de communication d'urgence afin de vous communiquer cet état d'urgence absolue. Une magie des plus indomptables contamine Ever After High. Après analyse ensorcelante, Baba Yaga en a déterminé la provenance. Je vous préviens, le constat est alarmant : il semblerait que le Jabberwocky soit de retour.

Cedar hoqueta de terreur. Les objets s'agitèrent, autour d'elle, et Raven-corbeau se mit à tournoyer dans le Grimmnase en croassant !

— Baba Yaga prépare un bouclier enchanté qui empêchera la propagation de l'infection Jabberwockienne. Si vous en êtes capables, évacuez les lieux le plus tôt possible. D'ici quinze minutes, le bouclier isolera tous ceux qui se trouveront encore sur place, les gardant en quarantaine jusqu'à résolution de la crise. Merci.

— En quarantaine ? répéta Daring.

— Il veut dire qu'on est piégés ! rouspéta Kitty, ses cheveux plus ébouriffés que jamais.

— Mais s'ils nous enferment pour empêcher la magie indomptable de se répandre, cela signifie que le Jabberwocky est à l'intérieur du lycée ? s'affola Cedar.

Kitty s'évanouit dans les airs dans un cri.

Un compte à rebours se substitua au visage de Grimm, dans les miroirs. Il égrenait les quinze minutes restantes…

— Qu'on nous coupe la tête ! brailla Lizzie.

Daring dégaina son épée, puis se ravisa :

— Pardon ?

— Non, enfin, je veux dire : on se bouge ! rectifia Lizzie, mal à l'aise. Il faut sortir d'ici au plus vite. Que chacun ramasse le plus d'élèves-transformés possible, et on court !

Daring acquiesça. Il replaça l'épée dans son fourreau… et disparut subitement. Lizzie tapa du talon par terre.

— J'en ai assez, de cette manie de disparaître !

— Il n'a pas disparu, lui non plus, susurra Kitty en réapparaissant. Regarde !

Une créature à fourrure grise se tenait debout, à hauteur du genou de Lizzie, les pattes sur les hanches et les crocs d'une blancheur lumineuse. Il avait de grands yeux, de petites cornes, portait les mini-vêtements de Daring… Il poussa un grognement aigu. Cedar n'avait encore jamais vu d'animal plus adorable !

— Fantasti-thé, grommela Lizzie. Bon, écoute, Daring-bestiole… tu t'occupes de Blondie ?

— Gr-oui ! répondit-il en trottant vers le cadenas en or.

Cedar ramassa Cupid-gâteau et réfléchit au moyen de déraciner Briar-rosier sans dommage, lorsqu'elle réalisa que le compte à rebours accélérait.

— On n'y arrivera jamais ! s'égosilla-t-elle.

— La maisonnette pourrait nous transporter ? suggéra Maddie. C'est une excellente sprinteuse !

Cette dernière s'inclina légèrement du toit, et sa porte d'entrée s'ouvrit. Lizzie lança Faybelle-grelot à l'intérieur avant de se hisser à sa suite. Ashlynn-souliers aux pieds, Kitty approcha.

— Vous promettez que cette chose ne va pas nous avaler ? marmonna-t-elle.

— Hutling est pacifique ! s'insurgea Maddie.

Elle déposa Earl Grey sur son chapeau, empocha Humphrey-œuf et grimpa à son tour dans la maisonnette en ajoutant :

— Elle ne se nourrit que de bois et de trucs comme ça.

D'instinct, Cedar eut un mouvement de recul. Mais elle était de chair et d'os, à présent. Se reprenant, elle rejoignit ses amis en compagnie de Cupid-gâteau et de Cerise-louveteau.

— Et pour Briar-rosier et Hunter-arbre, comment on fait ?

— De toute façon, ils ne tiendraient pas dans la maisonnette, rétorqua Lizzie en aidant Cedar à monter près d'elle avant de refermer la porte.

L'espace exigu comportait tout de même un minuscule sofa, une cheminée, une table et une chaise. Cedar se glissa jusqu'à l'une des étroites fenêtres et aperçut Daring-bestiole, veillant sur Briar-rosier. Elle s'écria :

— Hé ! On a oublié Daring !

La fenêtre s'ouvrit, et visant d'un œil averti, Daring-bestiole jeta Blondie-cadenas en or à l'intérieur de la maisonnette. Puis la fenêtre claqua, et Daring-bestiole leva un pouce satisfait tandis que Hutling quittait le Grimmnasium à fond de train.

— Grouille, bébé-chaumière ! On doit absolument sortir du lycée ! s'impatienta Lizzie.

Mais le compte à rebours résonna dans le bâtiment tel un coucou alarmé :

COUCOU ! COUCOUOU ! COUCOUOUOUOU !

— Cela ne peut pas déjà faire quinze minutes ?! bredouilla Cedar.

— Si, en dehors du lycée, c'est possible, répliqua Lizzie. Au Pays des Merveilles, le temps s'écoule parfois de travers...

La maisonnette galopait. Quelque chose grésilla dans l'air, et Cedar jeta un coup d'œil à l'extérieur. Le ciel avait jauni, comme la magie de Baba Yaga... Le bouclier enchanté était opérationnel !

— Trop tard, on est piégés ! s'étrangla Cedar. Il faut qu'on trouve de l'aide ! Je ne sais pas, moi, un gentil bûcheron, ou une bonne fée, ou une vieille sorcière qui nous réclamerait du pain en échange de...

— Nous n'avons pas de pain, feula Kitty.

— Moi, j'ai un couteau à beurre ! s'exclama Lizzie triomphalement.

— Ce n'est pas ce que je veux dire ! s'affola Cedar. Dans les contes, les jeunes filles au cœur pur rencontrent un personnage plein de sagesse pour les secourir, et nous...

— Doucement, La-Trouille ! cracha Kitty. On n'est pas dans un conte classique !

Mais rien à faire : Cedar paniquait. Peut-être que devenir humaine l'avait rendue cinglée ? Lizzie déclara :

— Nous devons compter sur nous-mêmes. Je suis la fille de la Reine de Cœur, et je vais discipliner ce royaume indiscipliné en régnant dessus d'une main de maître. Une bonne part de merveillance est déjà là. Il ne manque plus qu'une souveraine.

Sa voix tremblait quelque peu. Cedar inspira à fond. Depuis qu'elle avait des poumons, elle avait remarqué qu'il valait mieux s'efforcer de respirer lentement pour se calmer.

— Ils sont *obligés* de nous laisser sortir ! dit-elle alors.

Elle empoigna son MirrorPhone afin d'appeler le directeur, ou même son père. Hélas...

— Comment ça, pas de réseau ?! Il y a toujours eu du réseau, dans le lycée !

— Sauf que tout est sens dessus dessous, maintenant, souligna Kitty. Mais la cerise reste sans doute sur le gâteau de l'autre côté du bouclier enchanté...

Cedar n'était pas décidée à baisser les bras.

— Une minute ! fit-elle. C'est à vous, Lizzie, Maddie et toi, d'arranger tout ça. Vous ne changez pas, vous. C'est parce que vous venez du Pays des Merveilles et que vous êtes immunisées contre la magie du Jabberwocky !

— Objection ! lâcha Maddie. Nous avons changé : par moments, nous faisons preuve de bon sens...

— C'est plutôt positif, justement !

— Ô, frivolusque Cedar ! tempêta Lizzie. Nous sommes dans une maisonnette qui court sur des pattes de poulet. Le bon sens n'a pas de sens ici !

Lizzie privilégiait l'ordre au bon sens, de toute manière. Cedar ne l'ignorait pas. Elle insista :

— Eh bien, remets un peu d'ordre dans cette abracadabrance !

Une escadrille de fromages volants les croisa à cet instant. Lizzie fixa Cedar d'un œil noir et s'apprêta à lui rétorquer QU'UN RENARD RUGINIFLANT VENAIT DE S'EMBERLIFICOTER DANS LA CLÔTURE.

Maddie s'immobiLISATION. UN HÉRISSON PAS PIQUÉ DES HANNETONS BARIGOULAIT.

— Oh, non ! souffla la fille du Chapelier.

— Cela présage des ennuis, renchérit Kitty.

UNE GRENOUILLE FLIVOREUSE S'ENÉCUREUILLONNA DEUX FOIS PUIS FIT MARCHE ARRIÈRE.

— Quels ennuis ? questionna Cedar. Qu'est-ce qui cloche encore ?

— Rien du tout, assura Lizzie.

En réalité, l'inquiétude s'insinUATION LE LONG DE L'ALLOUINDE SLICTUEUSE.

— Narrateur ? intervint Maddie. Vous nous faites une blague, n'est-ce pas ? Vous ne divaguez pas pour de vrai ?

À l'évidence, quelque chose S'EMBROUILLAMINAIT, mais avec la BONNE CHAUSSETTE,

LE CHIEN NE TARDERAIT PAS À GALOMPHER.

— La narration s'entortille gravement, souPIMENTA Maddie. J'ai l'impression que la magie du Jabberwocky a contaminé notre cher Narrateur !

CHAPITRE 14

ARRÊT MALADIE DU NARRATEUR

Heu... pardon ?!

Narrateur ? Vous allez bien ?

Pas d'interruption, Maddie, merci. Les événements se précipitent, j'ai besoin de la plus grande concentration pour décrire au mieux ces TOURTES-À-LA-MÉLASSE-POIVRÉE, ET LA VOICI QUI S'EN REVENEURE, YOUPI !

Tourtes-à-la-mélasse-poivrée ? Vous parlez le charadien, Narrateur ? C'est thé-rrifique ! Mais je ne parviens pas trop à traduire...

Ce n'est pas du charadien, Maddie. Ce que j'explique, c'est que la situation est d'un RÔTI DE BŒUF MAXI-

MUM. Et si je ne CHATOUILLE-GRIBOUILLE PAS MON ŒIL, QUI FRAPPE À LA PORTE FRUMIEUSE, UN POULET DÉGUISÉ ?

Cette image de « rôti de bœuf maximum » est absolument superli-figieuse, Narrateur. Mais si j'apprécie l'excentri-taisie, celle de vos paroles me rend quand même un petit peu nerveuse...

Misère de moi ! Maddie, je crois que j'ai un problème. Je m'en rends compte, à présent. J'essaie de raconter l'histoire, mais HUMPTY DUMPTY DE FLOCONS D'AVOINE AUX RAISINS SECS ! Catastrophe ! Me voici NOUILLES AU BEURRE ÉPICÉ ! Je me COULIS DE HOMARDISE !

Non, Narrateur, la magie ne doit pas vous changer ! Sans vous, l'histoire n'a pas d'avenir palpitant, et pas de Fin Résolue ! Raven restera corbeau, Apple restera pomme, et Ever After High sera Jabberwockisé pour toujours et à jamais sans le moindre espoir de défaire ce qui a été fait ! Je vous en supplie, Narrateur ! Poursuivez la narration !

MILLE ÉPINARDS EN BRANCHE ENTRE MES ORTEILS !

Heu... Narrateur ?

LA SOUPE AUX CAILLOUX, PAR MA FOI, ÇA CROUSTILLE SOUS LA DENT !

Bon, ne paniquons pas... Je suis la fille du Chapelier Fou, après tout. J'ai sûrement une casquette-à-idées dans mon chapeau-farfouillis-à-multifonctions... Ah, la voilà, juste à côté d'Apple-pomme ! Elle est un peu étroite pour moi, mais ça devrait faire l'affaire. Voyons, réfléchissons... Quoi qu'il advienne, l'histoire doit suivre son cours. C'est la première leçon du *Manuel du Parfait Narrateur* que j'ai emprunté à la bibliothèque. Mais pour que l'histoire suive son cours, elle a besoin d'un Narrateur. Or, notre Narrateur étant hors service, la priori-thé est donc de lui trouver un remplaçant. Quelqu'un qui serait plus ou moins insensible à la magie du Jabberwocky. Un natif du Pays des Merveilles, en somme. Une fille qui s'y connaîtrait en narration à force d'espionner les Narrateurs... À votre avis, qui ?

GRIFFONNAGE DES HEURES !

Je ne comprends pas un traître mot ! Ce n'est ni du charadien, ni une devinette. Je vous en prie, Narrateur, faites un effort et aidez-moi ! Qui pourrait se charger de narrer notre aventure ?

UNE VALSE DE CUILLÈRES, QUI TOUILLERAIENT DES NUAGES DE LAIT.

Sincèrement, je donnerais cher pour décoder votre charabia ! Mais cette fichue casquette-à-idées me serre trop... Je ne peux penser à autre chose qu'à mon front meurtri. Et donc à moi. Moi. Moi ?

Oui, toi, évidemment ! Qui d'autre, enfin ?!

Tu es sérieuse, Kitty ? Je devrais raconter l'histoire ? Mais c'est un job d'héroïne, ça. Cela conviendrait plus à une Raven, ou à une Apple... Moi, je suis de la dynastie des Chapeliers. Je me suis documentée sur les différents types de personnages, dans les livres. Et j'appartiens clairement à celui du Meilleur-Ami-Bizarroïde, ou du Faire-Valoir-Rigolo. Je suis l'assistante, pas l'héroïne !

TOURTE CENDRÉE À L'ÉLÉPHANT POIVRÉ. *TOURTE CENDRÉE À L'ÉLÉPHANT POIVRÉ !*

Ok, c'est bon. Je suis désormais le Narrateur.

CHAPITRE 15

UNE TASSE DE THÉ À LA GRIMACE

— MADDIE ? QU'Y A-T-IL, À LA FIN ?

Incertaine quant à la méthode à adopter, Madeline Hatter prit la parole, dit-elle.

— Mais de quoi parles-tu, Maddie ?

Ses amies la dévisageaient avec de gros yeux ronds, comme si elle venait de gober une tarte à la groseille par le nez, dit-elle.

— Vous croyez que Maddie a reçu un coup sur le crâne ?

— Non, mais je suis toujours volontaire pour asséner une bonne frappe. Qu'on m'apporte un flamant-de-croquet !

Maddie secoua la tête pour se remettre les idées en

place et tâcher d'améliorer sa narration sans parler, dit-elle… ou plutôt, dit Maddie. Non, ça, je ne suis pas censée le prononcer vraiment, n'est-ce pas ?

— Je suis tout embrouillée, là.

— Tu n'es pas la seule, Cedar Griffoir-Pour-Chat !

— Par mon cupcake, je n'y arrive pas du tout ! se plaignit soudain Maddie.

— Hé, mais si, là, tu viens d'y arriver ! s'exclama Kitty. Tu as fait exactement comme le Narrateur !

— Je vous promets, ça fiche la trouille, votre truc, gémit Cedar d'un air angoissé.

— Bingo, tu as encore réussi, Maddie ! se réjouit Kitty, pour une fois concernée par ce qui se passait dans son entourage. Génial ! Tu as noté que j'étais concernée, et tu l'as introduit dans la narration ! Mais, à propos… Normalement, je n'entends pas tes pensées.

— Je teste un nouveau procédé, confia Maddie. Je ne me contente pas de songer aux événements qui se déroulent, je les *narre*. C'est à mi-chemin entre raconter et penser. C'est *penser à haute voix*, si tu veux.

— Chat-scinant ! s'extasia Kitty. D'ailleurs, je me demandais si… Non, oublie : Kitty Cheshire ne s'implique jamais ! Je perds la boule ou quoi ?!

Lizzie s'interposa brutalement :

— Nom d'un valet de trèfle égaré, j'exige que l'on m'explique ce qui se passe ici !

— Le Narrateur est en arrêt maladie, répondit Maddie.

— Ce bonhomme désincarné dont on a peine à croire en l'existence, *malade* ?!

Maddie opina.

— Il est infecté par la magie du Jabberwocky.

— Mais sans lui, l'histoire s'arrête forcément ! spécula Cedar, les sourcils levés. Nous sommes donc coincées dans ce lycée ensorcelé, pourchassées par des meubles en furie, avec nos amis transformés pour toujours et à jamais !

Kitty me désigna d'un geste. Heu, pardon : désigna Maddie d'un geste, et lâcha :

— Maddie s'occupe de remplacer le Narrateur, pas de panique.

— Certes, cette journée n'est qu'idio-thé et absurdi-tie, déclama Lizzie. Cependant, la place de Narrateur doit être tenue par un habitant de notre noble et natale contrée. Continue ta tâche, Maddie. Tu as mon autorisation !

— Génial, soupira Cedar. Alors, on fait quoi, Lizzie ? On essaie de sortir du lycée par la force ? Mais il ne faudrait pas que ça abîme le bouclier protecteur de Baba Yaga et que le monstre s'échappe...

Et si on restait à l'abri dans la maisonnette jusqu'à ce que les profs trouvent un moyen de nous débarrasser du Jabberwocky ?

À ce simple nom, Kitty écarquilla d'immenses yeux terrorisés. Lizzie ordonna d'un ton impérieux :

— Kitty Cheshire, tu disparais, puis tu réapparais de l'autre côté du bouclier enchanté, et tu fonces chercher le directeur Grimm.

Kitty tortilla son bout de nez avec contrariété. Pourtant, elle obéit à l'injonction de la princesse de Cœur... et réapparut une minute plus tard, sourire crispé aux lèvres.

— Impossible de traverser le bouclier. Je suis piégée, moi aussi. Et je *déteste* ça.

— Maddie, tu as une idée ? interrogea alors Cedar, éperdue.

Mais Maddie avait déjà fort à faire de son côté. Elle se tracassait un maximum et se tracasser, faute d'habitude, était loin d'être sa spécialité.

DU PUDDING AU SEIGLE TANT ET PLUS, EMBRASSE LE LIVRE ET NE PLEURE PLUS.

— Hé ! Le non-moi Narrateur vient de nous donner un indice ! s'exclama Maddie.

Elle répéta ce dernier. Kitty et Lizzie opinèrent d'une mine entendue, mais Cedar frotta ses nouvelles paupières en secouant sa nouvelle tête : les natives du

Pays des Merveilles étaient-elles finalement contaminées, elles aussi, par la dingo-dinguerie du Jabberwocky ?

Oh, ça alors ! Voilà que je... non, Maddie lisait dans les pensées de Cedar ! Quelle première !

EMBRASSE LE LIVRE.

Maddie possédant encore le *Manuel du Parfait Narrateur* dans son sac, elle s'en empara sans hésiter et l'ouvrit au premier chapitre.

— Eh bien lis, on t'écoute, réclama Lizzie.

— D'après le livre, expliqua Maddie, les Narrateurs ont le pouvoir merveillationnel de sonder l'âme de chaque personnage de l'histoire. Certains, très désireux de raconter, n'ont même pas besoin d'apprivoiser leur don. Il paraît aussi que le Comité Narratif consigne toutes les histoires d'Ever After afin de les imprimer et de les distribuer en librairies et en bibliothèques ! Oh là là ! Cela signifie que des gens vivant à des milliards de kilomètres pourront lire ce que je suis en train de narrer ! Ils peuvent même le lire en direct, grâce à la distorsion du Temps et de l'Espace... C'est absolument et totalement étourdissant !

Là-dessus, Maddie se pencha en avant et, scrutant par-delà la narration, elle aperçut bientôt quelqu'un parcourant l'histoire qu'elle racontait justement : un lecteur (*vous*). Maddie lui adressa un clin d'œil (allez, répondez-lui).

Maddie prit une profonde inspiration. L'histoire qu'elle contribuait à raconter reliait entre eux les héros et leurs lecteurs : l'art de la narration était un pur délice !

Soudain, le livre se feuilleta seul et stoppa quelque part dans les dernières pages. Maddie s'écria :

— Pour devenir un vrai Narrateur, même de manière provisoire, il est écrit que je dois prêter serment. Parfait, voici donc le Serment Sacré du Narrateur : « Moi, votre nom, m'engage... »

— Tu dois dire ton nom, pas « votre nom » ! corrigea Cedar.

Maddie reprit :

— Oh, d'accord ! C'est trop bizarre, mais bon... « Moi, Madeline Hatter, m'engage à ne proférer que la stricte vérité ; à suivre l'histoire où qu'elle mène ; à me tenir au courant de l'ensemble des événements tout en me contentant de narrer les plus pertinents ; à respecter les héros dans toute leur grandeur comme dans leurs erreurs ; à ne servir que l'histoire et le lecteur ; à ne jamais, jamais, ô grand jamais, m'immiscer dans l'intrigue. Faisant ainsi de mon mieux, que cette histoire soit diffusée largement et passe de main en cœur à l'envi ; qu'elle ne soit plus mienne mais appartienne désormais à chaque lecteur qui s'en délectera afin de grandir ou de rapetisser selon les nécessités ; qu'elle comble les vides et aplanisse les aspérités ; qu'elle fasse rire ou pleurer, rêver ou s'interroger ; qu'elle accompagne les après-midi solitaires ou enjolive les mornes soirées ; qu'elle accomplisse son devoir intrinsèque, à savoir fournir au lecteur ce dont il a besoin en l'instant. Afin d'accomplir cette noble mission, je lui voue mes qualités comme mes défauts, mes compétences comme mes faiblesses, et ce jusqu'au mot "Fin". »

Maddie reprit son souffle. Dans le silence général, on aurait pu entendre la maisonnette respirer. Enfin, Cedar s'informa :

— Alors, le serment a fonctionné ? Tu es devenue notre Narrateur officiel ?

— Je crois, oui, répondit Maddie. Mais on n'en sera sûrs qu'au mot "Fin".

Et en attendant, je continuerai la narration. Oups, désolée : le Narrateur n'était pas supposé utiliser le « je », une règle de base, ça. Mais pour ce que j'en savais, en revanche, il proférait parfois un *hum* de transition.

Donc, *hum* ! Assises dans la maisonnette, nos héroïnes discutaient à présent de la suite des événements.

— Ce n'est pas juste ! pesta Cedar tandis que Raven-corbeau se posait sur sa tête. Certains d'entre nous ont tellement changé qu'ils ne peuvent même plus parler. Et moi, mon rêve s'est carrément réalisé !

— Je soupçonne la Fée aux Cheveux Indigo de t'avoir « en-magiquée », confia Maddie. Tu devais être programmée pour te transformer un jour ou l'autre en vraie fille, et quand le pouvoir du Jabberwocky t'a touchée, au lieu de te métamorphoser en planche de bois, il a déclenché ta programmation.

— Maddie, tu es un cerveau.

— Ah bon ? C'est peut-être une modification due au Jabberwocky ?

— Non, tu as toujours été intelligente, répliqua machinalement Lizzie.

Puis, réalisant ses paroles, elle toussota avant d'ajouter :

— Et moi, je suis brillante ! Suprêmement brillante ! Bien plus que trop !

— Il y a un détail que je ne comprends pas, lâcha alors Cedar. Si le Jabberwocky change réellement Ever After en Pays des Merveilles, vous devriez plutôt vous en réjouir, Maddie, Kitty et toi, non ?

Kitty montra la fenêtre du doigt. Dehors, des carrosses-citrouilles se carambolaient.

— Tout ceci n'a *rien à voir* avec le Pays des Merveilles, grogna-t-elle. Tu l'as dit *toi-même*, Cedar : c'est juste le chaos. Un désordre calamiteux.

Une citrouille explosa soudain. Une légion d'enveloppes rouges se rua aussitôt pour en gober les pépins.

— Non, aucune merveillance là-dedans, renchérit Lizzie.

À son vif regret, elle ne pouvait rétablir l'ordre d'un hurlement royal. Et la triste vérité lui échappa :

— Ever After ne deviendra jamais le Pays des Merveilles, avec ou sans magie. Le Jabberwocky a échoué, ne créant qu'un pâle hybride de deux mondes distincts. Le monstre engendre des monstres.

— Sa magie arrache l'être des choses et le convertit en folie, enchaîna Maddie.

Cedar parut perplexe. L'esprit Narrateur de Maddie détectant la confusion de son amie, elle tâcha d'expliquer :

— La folie, c'est la part imprévisible de la vie. Une personne vivante peut potentiellement choisir de faire tout ce qu'elle veut. Pas une chaise, dont la fonction est alors des plus prévisibles : asseyez-vous sur moi.

À l'extérieur du bébé-chaumière, cependant, une armée de chaises furibardes les cernait.

— Mais maintenant que les chaises vivent aussi,

reprit Maddie, elles sont imprévisibles. Le lycée et tout ce qu'il contient deviennent déments. C'est le règne de l'incertitude. De la folie pure.

— Attention, de la *mauvaise* folie ! précisa Kitty.

Lizzie s'enhardit :

— Au Pays des Merveilles, une chaise *sait* qu'elle est une chaise. Ici, elle se prend pour autre chose à cause du Jabberwocky, ce qui est royalement décevant. C'est comme espérer une bonne tasse de thé à la groseille, et ne recevoir qu'une tasse de thé à la grimace.

— Oh, chouette comparaison, Lizzie ! félicita Maddie.

Pour Cedar, cette histoire de magie qui forçait les objets à être autre chose qu'eux-mêmes se rapportait directement au problème des Royals et des Rebels. Raven-corbeau sautilla sur les genoux de Cedar, qui lui caressa ses ailes au plumage violacé et réfléchit. Quand le directeur Grimm voulait obliger Raven à suivre son Destin Tout Tracé de Méchante Reine, il agissait ni plus ni moins comme le Jabberwocky qui transformait les chaises. Si les Royals semblaient destinés à respecter leur histoire, il n'était en revanche sans doute pas dans la nature profonde des Rebels de se plier aux codes préétablis. Et l'on savait dorénavant où cela menait, de contrarier la nature profonde des chaises... ou des gens !

Si je revois un jour le directeur Grimm, je lui expliquerai tout ça ! se promit Cedar.

Dehors, devant la maisonnette, l'armée de chaises pliantes se déchaînait. Elles claquaient du siège, frappaient le sol de leurs pieds en acier et se projetaient contre la porte d'entrée. Hutling se cabrait pour les éviter, secouant sans ménagement ses hôtes.

— Cette mauvaise folie devient de plus en plus dangereuse ! déplora Cedar en trébuchant contre un mur.

— Je me demande si Alice se sentait comme nous en ce moment lorsqu'elle tombait sans fin dans le terrier du lapin blanc, remarqua Lizzie.

Aussitôt, Kitty récita un fameux poème du Pays des Merveilles :

Alice tomba, tomba encore, et encore plus bas,
Pensant découvrir que sous terre n'existait pas,
Et découvrant ainsi qu'elle pensait trouver ce qu'elle trouva.

Maddie fronça les sourcils.

— Au fait ! lança-t-elle. Le Pays des Merveilles donnant en général dans les entrailles de la Terre, peut-être que plus on descend loin, plus les choses deviennent folles... et dans ce cas, si l'on grimpait dans la plus haute tour du lycée, peut-être que la folie serait moins grave ?

— On serait toujours prisonnières du bouclier enchanté de Baba Yaga, mais on risquerait sans doute moins gros, acquiesça Cedar.

Lizzie approuva également.

— On monte, bébé-chaumière ! Et plus vite que ça ! aboya-t-elle.

Hutling ne bougea pas. Cedar s'agenouilla devant l'âtre en chuchotant :

— Maisonnette ? On serait tous plus en sécurité, au sommet du lycée. Tu veux bien nous y conduire, s'il te plaît ?

Hutling partit en courant. Cedar se cramponna au manteau de la cheminée tandis qu'elle gravissait cahin-caha les escaliers. Kitty perdit l'équilibre, disparut et réapparut auprès de Cedar en ronchonnant :

— Quelle barbe, on se traîne !

Et passant les mains sous les doubles rideaux, elle se mit à chatouiller la maisonnette qui regimba en grognant.

— Arrête de la taquiner ! pria Cedar.

Mais Kitty se télétransporta sur le rebord d'une autre fenêtre et s'empara des voilages comme des rênes d'un cheval.

— Hue, Tornado ! brailla-t-elle en souriant avec son espièglerie coutumière.

La maisonnette gronda à nouveau. Un spasme rapprocha ses quatre murs au centre de la pièce, propulsant les quatre filles les unes sur les autres. Kitty s'écrasa le nez contre la joue de Cedar, et Lizzie reçut la tête de Maddie en plein sous l'aisselle ! Puis la maisonnette ouvrit sa porte en grand... et cracha ses hôtes dans l'escalier du lycée !

— Reprends-nous à bord immédiatement ! exigea Lizzie, hors d'elle.

Mais le bébé-chaumière referma violemment sa porte et partit au galop, les griffes de ses pattes de poulet cliquetant sur les marches en pierre.

— Hé ! s'égosilla Cedar. Hutling emporte Raven-corbeau, et Apple-pomme, et tous les autres !

— Et alors ? fit Lizzie. Au moins, ils sont en sécurité.

Là-dessus, Cedar se tourna vers Kitty d'une mine furibarde.

— Dis, à quoi tu joues ? Pourquoi as-tu...

— Oh, ça va ! riposta Kitty. Je refuse de permettre à cet horri-bifique Jabberwocky de me transformer en personne *raisonnable*, OK ? Je suis une Cheshire, moi, et j'aime le chaos, même si, là, je n'aurais pas...

Elle se mit à rougir et disparut brutalement. Lizzie la rappela en hurlant :

— Kitty Cheshire ! Reviens de suite et sois chaotique, c'est un ordre !

Le sourire de son amie se matérialisa le premier.

— Merci, Lizzie, murmura-t-elle, soulagée.

Tout à coup, un bruit de pas pesant s'éleva de l'obscurité, à l'autre bout du couloir. Une effroyable voix rocailleuse psalmodia :

— Moi. Dévorer. Créatures. Trouillardes.

Cedar poussa un cri. Puis elle grimpa les marches quatre à quatre, ses amies sur les talons. Sauf Kitty qui ne cavalait jamais et se contenta de réapparaître au haut de l'escalier, son regard moqueur brûlant de terreur. La voix rocailleuse héla de l'étage inférieur :

— Créatures trouillardes ?

Cedar fonçait comme une flèche. Ignorant les crampes qui nouaient les nouveaux muscles de ses jambes, elle continua de gravir les marches sans ralentir, jusqu'à ce que l'escalier redescende brusquement.

— Aaah ! Qu'est-ce que ça signifie ? Vite, les filles, on doit grimper !

— Mais on grimpe ! ricana Kitty.

— Ferme les yeux, ajouta Lizzie. Tu es victime d'une illusion, une sorte de distorsion de la réalité.

Cedar obéit, et Maddie la prit par la main. Le petit groupe ne cessa de courir qu'une fois au sommet de la plus vertigineuse tour du lycée. Elle oscillait, comme perchée sur du caoutchouc. Cedar s'agrippa au rebord de la fenêtre, étonnée de constater que les vitres manquaient. Dehors, le dôme jaunâtre du bouclier enchanté qui cernait le bâtiment grésillait dès qu'un insecte tentait de le traverser. Au loin, Cedar aperçut le Pont du Troll, ainsi que les toits du village de Book End, qui se détachaient contre l'horizon.

Quant à Maddie, elle fouinait frénétiquement dans son chapeau-farfouillis-à-multifonctions. C'est tellement commode, ce genre de coiffure ! Elle se demanda un instant pourquoi tout le monde n'en portait pas, avant de se reprocher cette digression inutile au déroulement de l'intrigue, et indigne d'un Narrateur. Un peu d'abra-pplication, merci ! *Hum*...

Maddie pêcha donc deux longues-vues dans son chapeau, une pour chaque œil. Et...

— Je vois papa ! triompha-t-elle. Il est sur le toit du salon de thé, au village ! Papa, hé, papa !

Elle agita un bras.

— Supra, il me voit aussi ! Et il a les fanions !

— Quels fanions ?

— Ceux avec lesquels on communique par code, Cedar ! Ton père n'en a pas ?!

Maddie se tut une seconde et reprit :

— Ah, ça y est, il commence les signaux ! Bon, je vous traduis : si la magie du Jabberwocky contamine Book End, notre histoire s'achèvera aussitôt, la conclusion de notre livre n'apportant aucune solution. Nom d'un cookie !

Lizzie s'empara d'une longue-vue afin de regarder par elle-même.

— Tu extrapoles, Maddie ! Ton père n'a pas pu épeler tout ça et...

Elle rendit la longue-vue à la fille du Chapelier.

— D'accord, ton père est un génie du langage des fanions, admit-elle, penaude.

— Notre histoire s'achèvera aussitôt ? répéta Cedar. Non, cela n'a aucun sens !

Franchement, qu'est-ce qui avait du sens ? Elle venait de remarquer les vitres de la fenêtre qui ondulaient contre le mur comme des chenilles transparentes !

— Cedar ! Tu peux cesser un moment de remarquer ceci ou cela ? se fâcha Maddie. C'est très difficile, de raconter tout ça, alors que je dois me concentrer sur les signaux de papa... d'autant qu'il s'exprime en charadien !

— Oups. Désolée.

— Reprenons... Papa dit que le Jabberwocky a besoin de merveillance pour poursuivre sa transformation d'Ever After. Il est donc en quête de créatures du Pays des Merveilles dont la merveillance intrinsèque nourrira sa magie.

— Mais *vous êtes* des créatures du Pays des Merveilles, les filles ! s'exclama Cedar.

Kitty et Lizzie s'éloignèrent vivement de la fenêtre. La tour vacilla quelque peu, les envoyant valdinguer l'une contre l'autre, les boucles mauves de Kitty s'entremêlant à la couronne d'or de Lizzie.

— Qu'on... lui coupe la tête ! bafouilla cette dernière, incapable d'avouer clairement sa peur.

Kitty ricana.

— Quoi ? s'énerva Lizzie.

— Oh, rien... C'est le Narrateur, qui est marrant !

Maddie poursuivit :

— Papa nous avertit : si le monstre nous capture, Kitty, Lizzie et moi, il possédera assez de merveillance pour accomplir ses sombres desseins. Papa nous recommande donc expressément de ne pas nous approcher du Jabberwocky !

— C'était déjà prévu ! ironisa Cedar. D'ailleurs, où est-il ?

Le sourire crispé, Kitty marmonna entre ses dents :

— *Juste là.*

Cedar pivota. D'une autre fenêtre, elle aperçut le

Jabberwocky qui se cramponnait de ses serres affilées à la paroi de la tour d'en face. Il ressemblait à un gigantesque dragon de cauchemar, le corps recouvert d'une armure d'écailles grises, tandis que des touffes de fourrure inattendue parsemaient ses pattes et son crâne surmonté d'antennes. Au bout de son long cou de serpent se balançait une tête à la gueule hérissée de crocs. Le monstre fixait de ses yeux laiteux le village de Book End...

Il poussa alors une sorte de crissement assourdissant, et battant de ses immenses ailes membraneuses, il s'envola de la tour.

— Il a vu papa ! pressentit Maddie. Il va lui gober toute sa merveillance, c'est affreux ! Il faut l'en empêcher !

— Il ne pourra pas traverser le bouclier enchanté de Baba Yaga, la rassura Cedar.

Le Jabberwocky heurta en effet la paroi jaunâtre, qui le repoussa en crépitant d'étincelles. Ivre de rage, la bête réitéra son attaque contre le dôme protecteur. Un, deux, trois assauts... Déjà, le bouclier faiblissait, sa luminosité déclinait. Il céderait bientôt, et de l'autre côté se trouvait le Chapelier Fou, le père de Maddie. Non, pas lui ! Papa !

— Fiche la paix à mon père ! hurla Maddie.

Le Jabberwocky fit brutalement volte-face, son

long cou se tendant en direction de la tour qui abritait nos héroïnes. Puis il effectua un virage sur lui-même et se rua dans leur direction !

Filez ! conseilla vivement le Narrateur.

– On file ! lâcha Maddie.

Elles filèrent.

Elles n'arrivaient qu'à mi-chemin de la première volée de marches que le Jabberwocky frappa la tour de toute sa masse, la secouant de fondations en toit.

L'escalier, sous les semelles de Cedar, parut ramollir. Elle chancela mais continua de courir, tâchant d'oublier qu'elle se sentait par moments monter, et non pas descendre. Le Jabberwocky poussa un nouveau cri strident. La tour s'ébranla de plus belle, menaçant de s'effondrer comme un château de cartes.

Le cœur de Cedar, cognant à cent à l'heure, semblait sur le point de surgir de sa poitrine. Des larmes roulèrent sur ses pommettes, mais la fille ne put s'en émerveiller, celles-ci lui évoquant, non pas sa fabuleuse réalité de chair et d'os, mais la situation catastrophique, teintée d'absurdité, dans laquelle elle se débattait. Cedar trébucha et le sol l'avala peu à peu, comme des sables mouvants. Maddie l'attrapa par le bras afin de la retenir. Et Cedar, au désespoir, chuchota malgré elle la vérité :

— Peut-être la vie est-elle plus simple quand on est en bois ?

Non ! Elle avait attendu si longtemps de devenir une vraie fille... Pas question de laisser la frousse que lui inspirait un crétin de Jabberwocky lui gâcher ça !

— Bien vu, Cedar ! l'encouragea Maddie. Tu n'es pas de bois, tu es une Wood[1] !

À ces mots, Cedar s'extirpa du sol et reprit sa course effrénée. Maintenant qu'elle était ce qu'elle avait toujours voulu être, peu importe ce qu'il adviendrait, elle saurait en tirer parti...

1. « Wood » signifie bois en anglais.

CHAPITRE 16

TERREUR MORTELLE AUX TROUSSES

Nos quatre héroïnes fuyaient. Les murs autour d'elles gémissaient, les tableaux dépeignant leur effroi.

— Attention, il approche ! prévint le portrait d'une fillette avec un arrosoir.

— Il va tous nous dévorer ! frémit la peinture d'un homme qui criait sur un pont.

— Foncez, graines de chiendent ! chantèrent les pâquerettes d'une aquarelle.

Lizzie s'immobilisa, furieuse.

— Un peu de tenue, je vous prie ! les tança-t-elle. Une princesse du Pays des Merveilles ne se laisse pas insulter par une stupide toile colorée !

Le Narrateur conseilla à la princesse de reprendre sa course, mais celle-ci, outrée dans toute sa majesté, le menton haut et l'index menaçant, refusa d'écouter. Le Jabberwocky au regard laiteux les espionnait pourtant par la fenêtre ! Il écarta ses mâchoires hérissées de crocs et...

— Baissez-vous ! s'égosilla Cedar.

— Hein ? Pourquoi ? s'étonna Lizzie.

Cedar la repoussa à temps : la bête souffla un nuage de magie qui leur passa au ras du crâne. Les tableaux, sur les murs, se recroquevillèrent instantanément, leur peinture s'écaillant avant de se rassembler en une masse grouillante de faucheux aux pattes grêles.

— Ça suffit ! s'impatienta Cedar, s'époussetant avec frénésie pour les écarter. J'ai enfin une vraie peau, ce n'est pas pour me faire chatouiller par une bande de bestioles ensorcelées !

— Arrière, espèces de résidus-de-peinture-sur-pattes ! s'interposa Lizzie en brandissant son sceptre. Ne touchez pas à mon amie !

Interdite, Cedar écarquilla les yeux. Maddie également. Lizzie, gênée, déglutit avec peine : la mauvaise folie ambiante la gagnait ! Sa mère, la Reine de Cœur, aurait fortement condamné cette allusion malséante à « une amie »...

Nos héroïnes se débarrassèrent alors des faucheux et repartirent ventre à terre.

LES ESCARGOTS NE SONT NI TRÈS ROCK NI TRÈS ROLL.

Silence, non-moi Narrateur ! Ce n'est tout de même pas vous qui allez interrompre un récit ?!

— Où va-t-on ? questionna Cedar.

— Si la destination est incertaine, peu importe le chemin, souligna Kitty.

— Oh, mais je sais où je veux être, asséna Cedar. Ailleurs !

Kitty soupira.

— Impossible. On ne peut être ailleurs, puisque ailleurs est là où on n'est pas.

— Dans ce cas, débrouillons-nous pour que le Jabberwocky y soit ! trancha Lizzie.

Devant elles, une nuée de minuscules vaches à ailes de papillon roses traversèrent le couloir en volant, tenant des baguettes magiques entre leurs menus sabots. Cedar murmura :

— Vous croyez que ce sont les Apprenties-Marraines-Fées ?

— Les Apprenties-Marraines-*Lait*, plutôt ! corrigea Kitty.

Lizzie acquiesça : des tranches de fromage et des briques de lait les accompagnaient en effet à frétillants coups d'aile.

— Elles pourraient peut-être nous aider ? suggéra Cedar.

Sur quoi, une mini-vache ailée la visa de sa baguette. Cedar esquiva de justesse le rayon rose qui en sortit. Il toucha en revanche le vase dans l'alcôve, lequel se métamorphosa en un plein pichet de lait frais.

— On repart ! ordonna aussitôt Lizzie.

Au même moment, le Jabberwocky rétrécit jusqu'à n'être pas plus gros qu'un chien. Il se faufila par une fenêtre du couloir afin de pourchasser nos héroïnes, battant des ailes et soufflant sa magie. Le pichet de lait fondit, rendant le sol aussi glissant qu'une patinoire.

Gardant tant bien que mal leur équilibre, les filles se ruèrent à l'angle du corridor, et s'accroupirent brutalement lorsqu'un jet de flammes mitrailla le Jabberwocky qui dut ralentir l'allure. Maddie scruta la pénombre. Elle aperçut un chariot cracheur de feu...

— Décidément, Ever After et le Pays des Merveilles sont complètement embrouillés, déplora Kitty.

— Peu importe, on sort d'ici ! commanda Lizzie en cassant un carreau avec son sceptre.

Elle aida Maddie à se hisser sur le rebord de la fenêtre, puis elle laissa Cedar et Kitty s'échapper avant elle. Elle grimaça, perplexe de ne pas avoir tenté de sauver sa peau la première...

Des branchages de vigne vierge serpentaient le long du mur. Les filles descendirent par le feuillage souple, qui gloussa et soupira à leur passage. Mais pour glousser et soupirer, les feuilles possédaient des bouches... et tout ce qui possède une bouche peut aussi croquer...

— Merci de ne pas nous mordre, adjura Lizzie.

DES ÉTOILES PLEIN LES YEUX ! DE L'ÉCUME PLEIN LA BARBE !

Plus tard, non-moi Narrateur. J'essaie de bosser, là.

Où en étais-je ? Ah oui. Les filles descendaient le long des lianes de vigne vierge, lorsque le Jabberwocky, redevenu d'une effroyable gigantici-thé, apparut au-dessus de leur tête, claquant vers elles des trois griffes affûtées de chacune de ses pattes comme s'il cherchait à les happer.

Cedar poussa un hurlement strident. Maddie aussi aurait crié, si elle n'avait pas été tenue de se focaliser sur sa narration.

Et voici que les feuilles, ouvrant grand leurs bouches multiples, se mirent à essayer de mordre le Jabberwocky ! Il répliqua à coups de serre tranchante, ce qui permit à nos héroïnes d'atterrir sur le rebord de la fenêtre la plus proche et de se glisser à nouveau à l'intérieur du lycée...

LES ABEILLES NE FLÉCHISSENT LES GENOUX QU'À CONDITION DE LES AVOIR SUFFISAMMENT MIELLÉS.

Ne m'interrompez plus, non-moi Narrateur ! Vous ne voyez donc pas combien il est compliqué de raconter une histoire avec une terreur mortelle aux trousses ?! Tout va tellement vite ! Je m'efforce de penser les tourments tels qu'ils sont, d'imiter votre parlo-tage en utilisant votre vocabulari-thé pour éviter d'insuffler trop de merveillance dans mes descriptions, car ce n'est pas ce que *vous* auriez fait à ma place. Enfin, lorsque vous étiez encore normal, je veux dire. Et – *nom d'un cookie !*

Un crabe, légèrement plus petit que Maddie, venait de lui prendre les mains à pleines pinces afin de l'inviter à danser ! Lizzie, Kitty et Cedar avaient déjà chacune droit à un cavalier du même genre. Une huître géante, à l'entrée de la classe, comptait la mesure :

— Un, deux, un, deux, talon, orteil, pas chassé...

Tandis qu'à l'extérieur, le Jabberwocky finissait de se libérer des lianes carnivores de vigne vierge...

Sans hésiter, Lizzie se dégagea de l'emprise de son cavalier et alla ouvrir l'unique porte de la salle.

— Continuez de danser ! l'invectiva l'huître géante. Il n'y a pas de cours de rattrapage en section crabe !

Mais nos héroïnes suivirent malgré tout la princesse de Cœur sur le palier, refermant la porte derrière elles...

MÉFIE-TOI DE TA JAMBE GAUCHE.

Je vous en prie, non-moi Narrateur, c'est hors de contrôle, là. J'ai besoin que vous vous teniez un peu tranquille, d'accord ? Allez, s'il vous plaît, soyez gentil... Je vous le demande avec un gros bouquet de fleurs !

FLOP.

Ça veut dire oui ? Vous promettez de me laisser raconter, maintenant ?

FLOP.

Bon, je prends ça pour un oui. *Hum*. Donc, nos héroïnes se sauvaient toujours devant le coléreux Jabberwocky, traversant le lycée plus périlleux à chaque détour...

CHIENCHIEN-MEUH GOBA UN CORICO.

Argh !

CHAPITRE 17

DES CONTES DE VAGABONDS-LIVRES

Lizzie en avait soupé de courir. Que l'entraîneur M. Paindépice les oblige à courir en cours de grimmnastique, c'était déjà affligeant. Mais courir pour survivre, c'était carrément inconvenant. Avec Kitty, Cedar et Maddie, elles tournèrent à l'angle d'un corridor et semèrent enfin cet ignoble Jabberwocky... quand les murs tremblèrent sous l'effet d'un méga-coup de bélier !

– Qu'on lui coupe la tête ! beugla Lizzie en manquant de tomber.

– Hé, regardez ! s'écria Cedar. Tout le lycée est secoué comme un prunier, sauf cette petite porte rouge, en forme de cœur...

On aurait juré la porte privée du Square de Lizzie. Le couloir n'étant définitivement pas la chambre de la princesse, on pouvait penser que la porte fidèle était venue à sa rencontre. En actionnant la poignée, Lizzie ressentit comme un frémissement.

Au même instant, le Jabberwocky déboucha au bout du corridor, gueule béante, soufflant sa magie destructrice.

— Vite, entrez ! commanda Lizzie.

Elle poussa Cedar, Kitty et Maddie dans le Square, où elle leur emboîta le pas en claquant la porte. Lizzie s'y adossa alors, prête à ce que le Jabberwocky essaie de l'enfoncer. Mais rien.

L'atmosphère douce et printanière du Square des Merveilles apaisa quelque peu Lizzie. Bizarrement, elle eut envie de pleurer, ce qu'elle estima absurde, pleurer n'ayant jamais apaisé personne... Si ?

— Tu nous as sauvées ! s'exclama Cedar.

— Je vous ai *poussées*, corrigea Lizzie, embarrassée.

— Tu nous as poussées en lieu sûr...

— Mais c'est toi, Cedar, qui as vu la porte, bougonna la princesse de Cœur. Donc, techniquement, c'est *toi* qui nous as sauvées.

— Merci, Lizzie, ajouta Cedar en lui serrant la main sans prêter attention à sa dernière remarque.

Lizzie se sentit alors si formidablement gentille et digne de reconnaissance qu'elle dut combattre le désir pressent, oppressant et ô combien ridicule de remercier sa camarade en retour.

— Oh, merci, Cedar... Enfin, je veux dire, je te remercie d'oublier séance tenante cette gratitude malséante !

Quel contraste saisissant entre la paix qui régnait ici et l'horreur Jabberwockienne qui investissait le lycée ! Lizzie inspira avec délectation les parfums familiers des fleurs épicées, de la sève sucrée et de l'herbe mentholée. Cela embaumait le Pays des Merveilles, le *vrai* ! En somme, le Square était comme elle, coincé entre son royaume et Ever After...

— Loin de moi l'idée de m'en plaindre, mais pourquoi le Jabberwocky ne fracasse-t-il pas la porte pour nous dévorer ? demanda soudain Kitty.

— Cet endroit est spécial, rétorqua Lizzie avec assurance.

— Cela signifie qu'on est en dehors du bouclier enchanté de Baba Yaga ! en conclut Cedar. C'est génial, on peut foncer chercher les profs !

Lizzie la retint d'un hurlement péremptoire.

— Stop !

Puis elle ramassa un hérisson et le lui lança.

— Aïe ! geignit Cedar en le recevant sur l'épaule.

Le hérisson rebondit par terre et s'éloigna. Cedar protesta :

— Le pauvre ! Il a dû se faire mal !

Le Narrateur tient ici à réconforter ses lecteurs : les hérissons du Pays des Merveilles sont des durs à cuire taillés pour le sport. La preuve : ils piquent souvent un roupillon en pleine partie de croquet... alors qu'ils jouent, les boules !

Lizzie s'empara d'un autre hérisson.

— Arrête de me jeter des animaux à la figure ! s'impatienta Cedar.

— Je ne te lance rien, fit Lizzie. Tu es pile en travers de ma route.

Et le hérisson passa cette fois au-dessus de Cedar. Il heurta de plein fouet une paroi invisible qui crépita, illuminant l'air d'un jaune étincelant. Le hérisson atterrit au sol, eut un spasme et fila en chancelant dans l'herbe.

— Ben ça ! On est encore sous le dôme protecteur ! s'exclama Cedar.

Le Square secret avait beau se trouver à la limite parallèle du lycée, le bouclier enchanté l'englobait tout autant dans la réalité du bâtiment infecté.

— Si on est en sécurité, on pourrait aussi bien

attendre tranquillement que les profs résolvent la situation ? proposa Cedar.

— Ou que la bête frumieuse parvienne à entrer, crissa Kitty.

Cedar brandit son MirrorPhone et composa un numéro sur l'écran tactile.

— Hé, on a à nouveau du réseau ! Allô, directeur Grimm ? Cedar Wood à l'appareil !

La voix exaspérée du directeur résonna dans le haut-parleur :

— *Mademoiselle Wood, ce n'est pas le moment ! Nous sommes très occupés, ici – attention au feu follet –, nous tâchons de mettre au point un sortilège de bannissem... – encore trois cafards – ... bannissement du Jabberwocky.*

— Nom d'un château de cartes en fusion ! s'étrangla Lizzie. Ils ne savent pas ce qu'ils font ! Un sortilège Afterien ne fonctionnera jamais !

— Ah non ? frissonna Cedar.

— Il ne s'agit pas de la bonne magie ! précisa Kitty. Je rêve, ou quoi ?! Ils ne connaissent donc pas la seule arme qui puisse vaincre le Jabberwocky ?!

Maddie opina du chef d'un air solennel. Lizzie se mit à réciter un fameux poème de « De l'autre côté du miroir », de Lewis Carroll :

De sa Vorpaline Épée, il s'arma,
Puis, en quête du manxaquois monstre, s'en alla,
Quand, au pied de l'Arbre Ventripotu, se reposa...

— Vous avez entendu, directeur Grimm ? s'empressa de dire Cedar, dans son MirrorPhone. Pour avoir une chance de gagner, il vous faut l'Épée Vorpaline !

— *Qui se trouve au Pays des Merveilles, mademoiselle Wood... dont les portails d'accès sont tous scellés ! Nous allons donc utiliser – ajoutons des yeux de tritons, Tracassin – un sortilège. Restez bien à l'abri et ne me dérangez plus.*

Il raccrocha. Kitty devint translucide et Maddie s'affala dans l'herbe.

— On n'a plus aucun espoir, bredouilla Cedar.

Maddie lui prit gentiment la main. Kitty réapparut alors et s'installa dans l'herbe entre elles deux.

— Après tout, j'imagine que leur sortilège aura bien un effet *quelconque*, murmura-t-elle en posant la tête sur les genoux de la fille du Chapelier.

Lizzie soupira avec lassitude. Plus elle traînait avec ces trois-là, moins elle parvenait à étouffer ces sentiments visqueux d'entraide, de non-égoïsme, d'inquiétude, d'espoir, d'affection, d'amitié qui s'insinuaient sournoisement en elle. Pire, elle ressentait en leur présence cette débilité sentimentalonunuche qui consistait en : Se Soucier De Son Prochain.

Consultant le jeu de cartes de sa mère, elle ne tarda pas à y trouver ce précieux conseil :

❤

Il est quatre calamités à éviter
Par-dessus tout un chacun :
Les soupières de poison, les Jabberwocky grincheux,
Se couper avec du papier et Se Soucier
De Son Prochain.
Si ce dernier drame semble décidé
À s'immiscer dans ton esprit brumeux,
Donne de la voix sans tarder,
Pour l'en chasser au plus loin !

❤

— Qu'on vous coupe la tête ! s'égosilla aussitôt Lizzie. Oui, qu'on vous la coupe à toutes ! Je suis une princesse de merveillance, et je donne de la voix à votre encontre !

Voilà Lizzie rassérénée. Ras le bol, de fouler aux pieds les préceptes de la Reine de Cœur. Et ras le bol de cette attente infinie ! Car une reine-en-attente n'attendait jamais... surtout une reine furieuse-dingo comme Lizzie.

— Puisque personne d'autre n'en semble capable, je vais en finir une bonne fois avec toutes ces ridicul-osités ! brailla-t-elle encore. Les choses rentreront dans l'ordre, et je n'aurai plus à lutter contre le fatal Se Soucier De Son Prochain !

Ici, le Narrateur pourrait souligner que Lizzie était en réalité beaucoup plus inquiète que furieuse. Mais il se garderait d'en faire la remarque à haute voix. Tout comme il n'avait pas observé tout fort que la méticulosité avec laquelle Lizzie entretenait son jardin trahissait combien lui manquait le Pays des Merveilles...

— Par ma théière ! s'écria Maddie. Un habitant du Pays des Merveilles nous comprendrait mieux que le directeur Grimm !

— J'y ai déjà songé, admit Kitty. Mais la Reine Blanche ne répond pas au téléphone.

— Papa non plus, déplora Maddie. Cependant, je connais quelqu'un d'autre, qui pourrait nous aider...

— Quoi ? Qui ?

Une lueur d'espoir secoua Lizzie, désagréablement surprise.

— Réponds, Maddie ! Comment oses-tu cacher une chose pareille à ta future reine ?!

— Il s'agit d'un livre, sur lequel je tombe de temps en temps, expliqua la fille du Chapelier. Il y a une lettre à l'intérieur, et quand j'y réponds, l'auteur de la lettre me répond en retour. Il s'exprime avec tellement de merveillance ! J'ai déjà trouvé le livre à la bibliothèque, dans une grande chaussette, sur une cheminée, au fond d'un seau plein de grenouilles, sous un sachet de guimauve…

– Peuh ! l'interrompit Lizzie. Des contes de vagabonds-livres, c'est bien la dernière chose dont on ait besoin !

Elle réfléchissait en faisant les cent pas, incapable de se concentrer avec tous ces bavardages autour d'elle.

– Et l'auteur des lettres, il t'a écrit quoi, Maddie ? interrogea Cedar.

Réalisant qu'elle n'obtiendrait jamais la paix, Lizzie décida de rassembler quelques hérissons. Les hérissons ont cette faculté d'attirer l'attention. Elle en ramasserait trois, un pour chacune des filles. Et sans doute un ou deux en extra, au cas où…

– La première lettre disait « J'ai les oreilles qui chantent », confia Maddie. La suivante : « Si tu lis ces mots, tape des mains. » Je lui ai écrit que j'avais la nostalgie du Pays des Merveilles. Et il m'a répondu en m'en donnant les dernières nouvelles. Cela m'a drôlement réconfor-thé !

Lizzie s'apprêtait à lancer un hérisson, lorsqu'une pensée inopinée l'arrêta. Elle n'avait rien de belliqueux, mais n'en paraissait pas moins empreinte de fantastique merveillance. La princesse de Cœur relâcha alors ses hérissons et suggéra :

— Au fait, Maddie... Tu crois que le mystérieux auteur des lettres pourrait nous indiquer comment obtenir l'Épée Vorpaline ?

— Quelle idée fantastiquement luminescente, Lizzie !

Maddie fouilla dans son chapeau et en tira un petit livre relié en cuir intitulé : *Clapiers et Logements pour Lièvres et Architectes.*

— Ah ! Ah ! Le vagabond-livre ! triompha-t-elle. Tu parles d'une chance, c'est la première fois qu'il se cache dans mon chapeau !

Maddie feuilleta l'ouvrage et dénicha une enveloppe rouge, glissée entre deux pages. Lizzie la décacheta. La lettre était signée d'une patte de lapin.

— « La vie dans un royaume infecté est plus solitaire que toxique », lut-elle.

Sa langue trébucha sur le mot « solitaire », aussi instable que sa personne même.

— Parfait, reprit-elle. Mettons ce facteur de cuir à l'épreuve. Qu'on m'apporte du papier et un stylo !

Maddie s'approvisionna dans son chapeau. Lizzie poursuivit :

— Cedar, tu vas écrire à ma place. Tu es une artiste, la calligraphie, c'est ton rayon.

Puis elle dicta de son ton le plus royal :

Auteur/Animal/Autre de la lettre du livre en cuir,

Votre princesse réclame assistance. Votre conseil est par la présente sollicité, quant au nécessaire à se procurer lorsque l'on souhaite se débarrasser d'une nuisance hautement déplaisante, j'ai nommé le Jabberwocky. Le royaume d'Ever After a besoin de toute urgence de l'Épée Vorpaline. Mais comment l'obtenir ? Où ? Quand ? Veuillez répondre par retour du courrier, Elizabeth Hearts, princesse de Cœur, héritière, etc.

Cedar grimaça.

— Tu as déjà écrit à des gens, avant, Lizzie ?

— Bien sûr ! affirma-t-elle en sachant pertinemment qu'elle mentait. Pourquoi ?

Cedar retint sa respiration, effrayée de proférer la vérité…

— Et pourquoi retiens-tu ta respiration, maintenant ? s'agaça Lizzie.

— Oh, c'est parce que je n'ai pas encore l'habitude de respirer, mentit Cedar.

Elle écarquilla les yeux, sidérée. Maddie s'exclama :

— Nom d'un cookie, Cedar ! Tu viens juste de…

— … d'oublier de respirer, coupa vite son amie, sourire aux lèvres, en replaçant la lettre dans le livre.

Et aussi, j'adore le porridge à la moutarde. Et un jour, je me suis enterrée jusqu'au cou pour voir si j'allais prendre racine et pousser.

— Trop glauque, commenta Lizzie. Mais valable en tant qu'expérience scientifique.

— Et j'ai *poussé* ! continua de prétendre Cedar, au comble du bonheur. Je suis devenue un arbre gigantesque sur jambes. Et j'ai vécu un siècle au Pays Méconnu, à combattre des géants et à confectionner de succulents cupcakes primés lors des plus célèbres concours de pâtisserie !

— Voilà qui explique bien des choses, répliqua Lizzie en ne lui prêtant qu'une oreille distraite. Bon, où as-tu mis le livre ?

Cedar pointa l'index sur la pelouse... où il n'y avait que de l'herbe.

— Par mes échardes ! Je venais juste de le poser là ! Je vous promets, je ne mens pas, pas cette fois !

— Du calme, on te croit, souffla Maddie. Le livre a ses méthodes.

— Mais il nous le faut ! s'énerva Lizzie.

Maddie acquiesça.

— Oui, nous devons le retrouver. C'est toujours comme ça, avec les vagabonds-livres.

CHAPITRE 18

+20 % HAUSSE DE VORPALINITÉ

CEDAR WOOD A MENTI !

Les filles arpentaient le Square à la recherche du vagabond-livre, mais Cedar ne parvenait pas à se concentrer, un seul fait l'obsédant : *J'ai menti !*

Apparemment, la magie du Jabberwocky n'avait pas juste réveillé la véritable jeune fille qui somnolait en elle. Elle avait aussi annulé ce fichu sortilège d'honnêteté ! Cedar était libre ! Plus de crainte de révéler la vérité à tout bout de champ, ni de divulguer des secrets : elle pouvait désormais choisir ses paroles – choisir sa vie !

Agenouillée dans l'herbe parmi les fleurs qui lui chatouillaient agréablement les mollets, Cedar inspectait sous un rosier blanc peint en rouge, lorsqu'une pensée angoissante la submergea : et si le reste de sa personnalité avait changé ? Si elle n'était plus la « gentille » qui se préoccupait des autres ?

Elle se releva, laissant ses sentiments sonder son propre cœur... Elle devait découvrir sa propre vérité, à présent. Délivrée des pouvoirs de la Fée aux Cheveux Indigo, était-elle aussi dévouée et courageuse qu'auparavant, lorsqu'elle était en bois ?

Relevant la tête, Cedar vit que Maddie, le Narrateur qui entendait tout, lui souriait d'un air bienveillant. Cedar lui fit un petit signe en retour, mais son cœur battait toujours la chamade. *Plus de mensonge. Qui suis-je réellement ?*

Les filles fouillèrent trois fois l'ensemble du jardin. Cedar vérifia même le contenu de ses poches, bien que trop petites pour contenir un livre. Puis une perspective glaçante la terrassa : et s'il fallait retourner dans le lycée contaminé pour retrouver le livre en cuir ? Les objets perdus réapparaissaient en général au dernier endroit envisagé !

— Bien vu, Cedar ! s'exclama Maddie. Nous n'avons plus qu'à gagner du temps en cherchant directement au dernier endroit !

— J'admire ta logique implacable, VermiFou ! lâcha Lizzie.

Maddie afficha une mine des plus sérieuses. Du moins la devina-t-elle ainsi. Elle tendit alors les mains en avant et se laissa guider par elles au Dernier Endroit Envisageable... la bottine gauche de Cedar ! Maddie dénoua les lacets, déchaussa son amie, et trouva le vagabond-livre dans le soulier !

— Ben ça ! s'extasia Cedar, bluffée. Moi qui ressens *tout*, aujourd'hui, j'aurais dû m'en rendre compte !

Elle décacheta l'enveloppe dissimulée entre les pages du bouquin et lut :

Princesse,

Recevoir votre lettre nous procura grande joie ! Vous avez mille fois raison, il va sans dire : seule la Vorpaline Épée vous permettra de défaire le prodigieux Jabberwocky. Elle est plantée dans le tronc situé le plus à gauche du quatrième bosquet des Arbres Ventripotus. Hélas, je ne puis vous l'envoyer par courrier. J'ai consulté un sage hibou à ce sujet, et il affirme qu'un portrait fidèle du Ventripotu à l'épée, peint méticuleusement à l'aide de baies aux ombres délicates, pourrait cependant subtiliser la Vorpaline au Pays des Merveilles, bien qu'une telle expérience n'ait encore jamais été tentée. Bonne chance à vous, donc !

Lizzie lança un hérisson à Cedar.

— Au travail, ordonna-t-elle. Peins le tableau.

— Mais l'épée est au Pays des Merveilles... argumenta Cedar.

— Raison de plus pour ne pas perdre de temps !

Le Narrateur conservant une certaine distance par rapport à l'action, il mesurait à quel point Lizzie manquait parfois de clarté dans ses propos... surtout si on n'a pas la fortune de lire dans ses pensées.

— On ne peut pas aller au Pays des Merveilles, Cedar, expliqua alors Maddie. Mais peut-être que si tu peins un tableau de l'Épée Vorpaline ici, dans le Square de Lizzie, la merveillance des lieux lui donnera vie.

Cedar tira sa trousse de matériel des replis de sa jupe. Elle soupira.

— Malheureusement, je n'ai que mes pinceaux, pas de peinture. Et puis, je ne sais pas du tout à quoi ressemble la Vorpaline !

— C'est une épée ! s'impatienta Lizzie.

Elle brandit le couteau à beurre qu'elle avait dans sa poche.

— Cela ressemble à ça, mais en plus gros, et avec une hausse de Vorpalinité de plus vingt pour cent, environ.

— Oui, mais...

Cedar contempla ses mains. Elle n'avait encore jamais peint avec ses mains de chair et d'os. Le doute s'insinuait en elle...

— Pour commencer, je vais avoir besoin d'une description plus précise que « c'est une épée », dit-elle.

— Une Épée *Vorpaline*, rappela Lizzie.

— Selon moi, une description utile ne peut provenir que d'un bon Narrateur, remarqua Kitty.

— Thé-rrifique ! approuva Lizzie. Maddie, on t'écoute, à toi de jouer !

Un bon Narrateur, *hum* ? Entendu !

« Il est un arbre merveillationnel, du nom d'Arbre Ventripotu, constitué d'un tronc, de branches et de feuillage parfois vert. Toujours en mouvement, ses feuilles sont aussi imprévisibles que le reste de l'arbre est immuable. »

Cedar roula des yeux.

— Heu, pas mal, Maddie... mais tu peux faire mieux !

— Désolée, c'est nouveau, pour moi. En plus, ma cervelle perd son ressort. Je n'ai pas vu de Ventripotu, ni quoi que ce soit du Pays des Merveilles, depuis beaucoup trop longtemps...

— D'autres Narrateurs ont bien dû décrire la Vorpaline, suggéra alors Cedar. Il faut aller emprunter leurs livres à la bibliothèque.

Elle sourit à son idée... puis fronça les sourcils. Tout comme Lizzie. Kitty quant à elle disparut et réapparut suspendue la tête en bas à une branche, son sourire permanent semblant ainsi pencher vers le sol. Maddie se demanda si ses camarades entamaient une Partie de Grincherie. Cela aurait été génial, ce jeu ! Mais elle réalisa dans la foulée que ses camarades grinchaient pour de vrai, car elles s'inquiétaient de se rendre à la bibliothèque du lycée hanté par l'infâme Jabberwocky...

L'instant était idéal pour découvrir enfin la nature de Cedar libérée des sortilèges de la Fée aux Cheveux Indigo. Elle inspira à fond, et déclara ce qu'elle n'aurait jamais cru envisageable de déclarer :

— Je vais à la bibliothèque. Il vaut mieux que le monstre me capture, moi, plutôt que vous, car je n'ai pas de merveillance qui pourrait alimenter ses pouvoirs.

— Tu as les genoux qui claquent de peur, nota Lizzie.

— Pas du tout, nia Cedar.

Pourtant si, ils claquaient. Seulement, sans les entrechoquements du bois, elle ne s'en était pas aperçue.

— Tant pis, j'y vais, persista-t-elle. Peu importe si je meurs de terreur : vous êtes mes amies, je vous aiderai.

Lizzie la fixa avec intensité.

— Ta bravoure t'honore, ex-pantin-ensorcelé, mais ta mission est de rester ici et de peindre. Je me charge de récupérer un bouquin adéquat !

Cedar ne discuta pas. Sa gorge se serra et elle sut d'instinct, à présent qu'elle était de chair et de sang, qu'elle aurait encore, au cours de sa vie, à choisir entre elle ou ses proches...

— Une minu-thé ! intervint brusquement Maddie. Je t'accompagne, Lizzie. Tu vas affronter le danger, et le Narrateur se doit de raconter les événements clés du récit ! L'ennui, c'est que je ne pourrai narrer en même temps ce qui se passera au Square, avec Kitty et Cedar... Nom d'une saucière ! Servir le thé sous l'eau me poserait moins de problème !

— Je n'ai pas besoin d'escorte, merci, asséna Lizzie.

— Rien à faire, je viendrai, s'entêta Maddie. J'ai prêté le Serment Sacré du Narrateur... Sauf que je ne suis qu'une suppléante provisoire, je n'ai pas le don de notre Narrateur qui, lui, peut savoir ce qui arrive dans deux endroits différents à la fois...

Cedar haussa les épaules.

— Si tu veux, Kitty et moi, on te racontera tout à votre retour.

— Non, ce serait trop ennuyeux pour le lecteur, protesta Maddie. Tout le monde le sait : on ne peut se contenter de dire ce qui s'est passé, il faut le *décrire en direct*.

— Pas sûre que tout le monde sache cela... ironisa Lizzie.

— C'est l'objet d'un chapitre complet du *Manuel du Parfait Narrateur* ! rétorqua Maddie. Je ne peux narrer ce que fait Cedar *et* suivre Lizzie !

Mollement étendue dans l'herbe sur le ventre, Kitty s'interposa :

— Pas de lézard, je m'occupe de raconter ce qui se passe au Square. Moi aussi, j'ai la faculté d'entendre le Narrateur, depuis le début. Je peux donc être le Narrateur Intérimaire du Narrateur Suppléant !

Elle frissonna.

— Je suis malade, ou quoi ? Je me porte volontaire pour vous aider et je me sens *concernée*... Beurk !

Maddie se pencha afin de l'embrasser sur la joue.

Contrariée, Kitty se lécha vite le dos de la main pour se nettoyer la pommette. Puis Maddie recommanda :

— Sois loquace, Cedar ! Cela facilitera la tâche de Kitty !

Sur quoi, Lizzie rajusta sa couronne. Puis, drapée dans toute sa majesté, elle ouvrit la porte-cœur qui flottait dans le vide à mi-hauteur. La princesse pénétra dans l'obscurité. Maddie se dépêcha de déposer Earl Grey sur la pelouse avant de lui emboîter le pas, et la porte se referma sur elles deux.

....

....

....

— Heu... Kitty ? Tu as repris le rôle du Narrateur ?

Kitty leva les yeux au ciel.

— Non, ça, tu ne dois pas le dire, je crois... Maddie a expliqué que, pour narrer, elle *pensait* à haute voix.

J'adorerais arracher les pétales de ces roses.

— Hé, Kitty, tu n'as pas prêté serment. J'espère que cela ne t'empêchera pas de formuler les événements. N'oublie pas : tu les *penses* à haute voix, et ils s'écrivent quelque part.

Mes ongles sont fabuleux. Le loir de Maddie sent la gaufre. Les gaufres, c'est dégueu. Je ne vois pas pourquoi Gus et Helga en raffolent autant.

— Je t'en prie, Kitty ! Il ne s'agit pas de penser comme tu penses d'habitude ! Déjà, n'utilise pas la première personne du singulier. Observe ce qui se passe autour de toi pour le décrire avec de jolies phrases explicites. Et veille à préciser « dit Cedar » chaque fois que je parle.

Dit Cedar.

Kitty Cheshire, plus haut désignée par « je », observait donc ce qui se produisait autour d'elle. Cedar Wood ressemblait moins à un griffoir pour chat, depuis qu'elle avait de la peau et des os. Elle cueillit des baies de toutes les couleurs – noires, vertes, orange, roses – qu'elle écrasa ensuite sur d'immenses feuilles d'arbustes, pour en faire de la peinture. Elle semblait aussi plus sûre d'elle, ce qui avait tendance à remplir Kitty Cheshire de fierté.

Kitty Cheshire faisait un bien piètre Narrateur. Elle se découvrit ainsi une faiblesse, et cela la tourmenta. De toute évidence, elle n'était plus ni parfaite ni indifférente. La magie du Jabberwocky transformait gravement Kitty Cheshire, qui se souciait maintenant de la Fin À Jamais Heureuse des autres...

Le pouvoir du monstre engendrait de plus en plus de mutations.

CHAPITRE 19

À PROPOS DE TAPISSERIE CANARI

Un câlin ?

LIZZIE FRANCHIT LA PORTE-CŒUR D'UN PAS déterminé bien qu'elle « craigne que la crainte l'étreigne ». De l'autre côté, le couloir s'était évaporé. Il n'y avait plus qu'une espèce de tunnel étroit, mal éclairé par un trou rond situé à une dizaine de mètres au-dessus d'elle et de Maddie. De la mousse gluante recouvrait les parois de pierre. En fait, on se serait cru au fond d'un puits.

Lizzie tendit la main vers la porte-cœur, derrière elle. Qu'est-ce qui l'empêchait de retourner sur ses pas ? Après tout, Cedar était prête à se sacrifier, et une reine faisait exécuter ses quatre volontés par ses gens, et...

— Regarde, un escalier ! signala Maddie.

De minuscules marches de bois, à peine assez larges pour un pied, grimpaient le long de la paroi. Avec d'infinies précautions, nos héroïnes pouvaient espérer atteindre le sommet sans chuter vers une mort certaine.

Soudain, Lizzie sentit sa formidable assurance l'abandonner...

— Qu'on lui coupe la tête ! s'empressa-t-elle de murmurer.

Maddie acquiesça.

Et elles entreprirent leur périlleuse ascension d'un pas tremblant. Les marches boueuses les obligèrent à se cramponner au mur visqueux, de peur de déraper, le *splush-splush-splush* de leurs semelles menaçant d'attirer le fataleux Jabberwocky qui rôdait...

Enfin, elles se hissèrent hors du puits. Elles débouchèrent dans un vestibule tapissé du lycée, à la familiarité plutôt réconfortante. Néanmoins, une étrangeté planait... Des toboggans remplaçaient les escaliers, des courbes adoucissaient les angles, le sol *coassait* sous leurs pas. Lizzie se surprit même à mitrailler une lampe innocente d'un œil soupçonneux, se préparant à lui voir pousser des jambes et entamer une gigue délirante.

Ne redoute ni lampe ni gigue délirante, Lizzie, se

gourmanda-t-elle. *Concentre-toi sur ton objectif : la bibliothèque.*

Lizzie savait où se trouvait chaque livre évoquant le Pays des Merveilles. Sur quelle étagère, dans quel recoin, sur quel pan de mur, dans quelle caisse secrète... Rien ne lui avait échappé au cours des heures consacrées à ses lectures nostalgiques.

— Voilà au moins une bonne chose, commenta Maddie.

— *Grmph !*

Lizzie n'approuvait guère que la fille du Chapelier fouine dans ses pensées royales. Mais, dans l'immédiat, sa priorité était de dénicher la bibliothèque du lycée Jabberwockisé...

— Ça, c'est moins bien, commenta à nouveau Maddie.

Lizzie écarta les rideaux, histoire d'y voir plus clair. Hélas, ils n'occultaient pas des fenêtres mais des murs, dégoulinant de beurre et de gelée de raisin.

Tout n'était qu'absurdités et divagations, mélange improbable d'Afterie et de merveillance. Ainsi, des brosses surgissaient du parquet en agitant leurs poils de soie. Des tapisseries à la mélasse suintaient contre les murs, leurs dessins variant sans cesse. Un bouquet de fleurs, dans un vase, leur souriait... comme au Pays des Merveilles ! Sauf que les sourires étaient un peu trop appuyés, et qu'au lieu de chanter, les fleurs récitaient d'insipides théorèmes mathématiques.

Lizzie brandit une paire de ciseaux afin de leur couper la tête. Elle se ravisa aussitôt en songeant qu'il s'agissait peut-être de Dexter, ou de Darling, ou de n'importe qui d'autre...

Le vestibule paraissait infini, jusqu'à ce que la lumière se mette à vaciller et qu'elle se fige brutalement sur un mur, lequel s'effrita subitement en gros morceaux.

Lizzie et Maddie reculèrent, empruntèrent un autre corridor, quand une chenille géante, dont le corps s'articulait en coussins perchés sur des pompons, traversa le couloir de droite à gauche devant elles.

— Bizarre, souffla Maddie.

— Tu l'as dit, approuva Lizzie. Normalement, les objets devraient traverser de gauche à droite. Les règles du plus élémentaire savoir-vivre sont bafouées !

Un groupe de cartes de vœux s'élança à la poursuite de la chenille, leurs volets battant au vent avec indécence. Pour Lizzie, toute carte n'étant pas *à jouer* manquait inévitablement de convenance. D'ailleurs, celles-ci crièrent en passant :

— *Prompt rétablissement !*

— *Joyeux anniversaire !*

— *Je partage ton chagrin !*

La dernière pointa un long bras menaçant vers Maddie et crissa :

— Et vous ? *Bon anniversaire de mariage !*

— Bon anniversaire de mariage, fit Maddie.

La carte s'inclina avant de courir rejoindre son groupe.

— On l'a échappé belle, nota Lizzie. J'ai failli répondre « Toutes mes condoléances », ce qui nous aurait peut-être valu de finir pressées dans la carte comme des fleurs séchées.

Elles parvinrent ensuite dans une vaste pièce, sans doute la Cafertaria du lycée. Mais une table, des chaises et des bancs se tenaient peureusement serrés contre un mur. Quelques assiettes renversées jonchaient le sol. Une grosse sphère grisâtre, sous le lustre, au centre de la salle, gloussait.

— On devrait repartir, suggéra Maddie. C'est trop glauque pour être inoffensif !

— Ce qui glousse n'est jamais un danger, affirma Lizzie en avançant d'un pas déterminé.

La sphère pâteuse cessa immédiatement de pouffer. Lizzie l'interpella :

— Toi, la Glousseuse ! Tu peux nous indiquer le chemin ?

La boule grisâtre se retourna, écarquillant ses yeux de raisins secs et ouvrant grand la bouche. Qui, ou quoi qu'elle soit, cette chose étrange souffrait d'un cruel et évident manque d'affection. Elle roula vers les filles, son gros ventre flasque claquant par terre en laissant derrière elle une traînée poisseuse.

— Un câlin ? réclama-t-elle.

— Non, refusa Lizzie, plus certaine que jamais de n'être pas une personne câline.

— Je connais cette odeur, chuchota Maddie. C'est celle du porridge vieux de neuf jours. Pas question d'en manger aujourd'hui !

— Ni neuf jours auparavant, souligna Lizzie.

La boule de porridge géante insista, roulant toujours vers elles :

— Un câlin !

— Des câlins ? répétèrent les assiettes en se soulevant comme des coquilles d'huîtres.

Lizzie commença de se méfier.

— Fais quelque chose, Maddie ! exigea-t-elle. Narre vite comment on se sort de là !

— Mais cela ne marche pas ainsi ! protesta la fille du Chapelier.

La boule de porridge gémissait, à présent :

— Bouh, un câlin...

Au même instant, des mottes de porridge

s'extirpèrent des assiettes, étendirent leurs jambes et foncèrent à travers la pièce en scandant d'une voix grumeleuse :

— Tu ne nous attraperas pas !

Criant de bonheur, la sphère grisâtre se lança à leur poursuite. Lizzie et Maddie décidèrent de regagner la porte, quand quelques mottes de porridge tombèrent du plafond où elles s'étaient réfugiées et s'écrasèrent à leurs pieds.

La sphère, qui continuait de rouler en hurlant, finit par heurter la porte, bousculant Maddie au passage, tandis que les petites mottes se faufilaient sur les souliers de Lizzie.

Cette dernière tendit la main vers la porte... qui venait de rétrécir.

— Il nous faut du Buvez-moi pour rapetisser ! s'égosilla la princesse de Cœur.

Maddie fouilla dans son fantastique chapeau... qui lui échappa des mains lorsque Lizzie la poussa pour éviter la collision avec une motte de porridge en folie.

Lizzie récupéra le précieux couvre-chef, mais la boule grisâtre la frôla au passage, la faisant pirouetter quatre fois sur elle-même telle une toupie couronnée. Une fois stoppée, Lizzie, l'œil brillant de fureur, rendit son chapeau à Maddie en tempêtant :

— Ça suffit ! Table ! Debout !

La table se redressa. Avec force volonté et coups de talon impérieux, la princesse ordonna ainsi un à un aux meubles dociles de se placer de façon stratégique dans la pièce, pendant que la course folle des porridges battait son plein.

— Un labyrinthe ! s'exclama Maddie. Tu as créé un labyrinthe avec les meubles ! Thé-rrible !

Les morceaux de porridge vivant se poursuivaient désormais à travers le dédale, laissant enfin le champ libre à nos deux héroïnes.

— Et maintenant, la potion pour rétrécir ! commanda Lizzie.

Hélas, dans la chute du chapeau, le flacon de Buvez-moi s'était brisé en mille morceaux, rapetissant l'impressionnante collection de chaussures de Maddie.

— Nom d'une soucoupe fêlée ! soupira-t-elle. Je n'ai plus qu'à fabriquer une poupée-Maddie pour les porter !

Lizzie perdit patience.

— *Argh !* fulmina-t-elle. Tout ce chahut, ce désordre, ce gâchis ! Voilà pourquoi le peuple a besoin d'une reine ! Quelqu'un capable de contenir ce scandaleux charivari !

— Tiens, le mur se tortille, nota Maddie. Il doit être d'accord avec toi.

Le lustre se mit à se balancer doucement.

— Ah, lui aussi ! constata la fille du Chapelier. J'ai l'impression que tout, dans le lycée, est devenu vivant...

— Évidemment ! cracha Lizzie, bien qu'elle vienne seulement d'y songer. Lycée ! Je parie que tu en as marre, d'être infesté de créatures plus embarrassantes et impolies les unes que les autres ! Permets-nous d'accéder à ta bibliothèque, et nous rétablirons l'ordre au plus vite !

Là-dessus, les murs grondèrent comme s'ils digéraient mal une plâtrée de porridge vieux de neuf jours... et une nouvelle porte s'ouvrit à la droite des filles !

— Tu aurais pu te montrer plus aimable, déplora Maddie.

— L'autorité est plus efficace, rétorqua Lizzie. On n'a pas le temps de prendre des gants. Le porridge peut s'évader du labyrinthe d'une seconde à l'autre. Sans compter ces abominations de cartes de vœux qui traînent dans le coin !

Elles passèrent la porte avec une vigilante circonspection et se retrouvèrent dans une salle basse aux murs poussiéreux tendus d'une tapisserie canari, émaillée de savants entrelacs noirs qui ondulaient à mesure qu'elles progressaient dans la pièce. Trébuchant soudain dans un pli du tapis, Lizzie discerna une écriture, parmi les entrelacs...

— Qu'est-ce que c'est ? interrogea Maddie dont la faculté de narrer remplaçait parfois les mots de son amie.

— Il y a quelque chose d'écrit dans le papier peint, confia la princesse de Cœur. Il faut se baisser un peu, pour le voir.

Maddie se pencha donc auprès de Lizzie qui déchiffra tout haut :

— « ... progressant à l'aveuglette, pour te rendre à la bibliothèque, mais pas sans mon aide, pose l'épaule contre la tapisserie, ferme les paupières, et laisse-toi guider, en progressant à l'aveuglette, pour te rendre à la... » OK, il se répète en boucle... Parfait, Lycée ! On ferme les paupières, guide-nous !

Le Narrateur n'y voyait plus. En revanche, il percevait le frottement de leurs épaules contre le papier peint. Les filles avançaient lentement, les mollets crispés, se dandinant comme des canetons. Cela aurait pu être un jeu rigolo, sans le mal de dos persistant, ou la menace de se faire gober toutes crues par une bête Jabberwockienne particulièrement acariâtre.

Elles sentirent des choses les frôler, leurs semelles collèrent au parquet. Il faisait alternativement chaud et froid. Un moment cela sentit le jambon. Des grincements résonnèrent au loin. Et quelque chose mordilla même l'auriculaire gauche de Maddie ! Elle s'efforça bravement de garder les paupières closes, accordant sa totale confiance au Lycée vivant.

Puis le mur s'arrêta subitement.

— Heu, Lycée ? questionna Maddie. On est arrivées, ou une atroci-thé a-t-elle dévoré le reste du mur ?

— On est arrivées, fit Lizzie. J'ai jeté un œil.

La bibliothèque, très haute, d'étroites fenêtres éclairant les huit rangées d'étagères croulant sous les livres, était dorénavant méga-haute et méga-étroite. Lizzie ne distinguait même pas le plafond, mais elle touchait les murs opposés rien qu'en tendant les bras. Et dans cet espace exigu, les livres par milliers voletaient tout là-haut, roucoulaient, remuaient sans cesse.

— Crotte de hérisson, pesta Lizzie.

— On ne trouvera jamais le livre qu'il nous faut, geignit Maddie. C'est impos...

— Ne prononce jamais ce mot ! la rudoya durement Lizzie.

Affolée, Maddie se plaqua la main sur la bouche. Oh là là ! Un peu plus, et elle proférait une énormithé indigne de merveillance !

Au Pays des Merveilles, tout le monde le savait : rien n'était impossible. Même une future reine de Cœur en exil conservait en toute circonstance une chance d'accomplir son Destin Tout Tracé ! Rien, rien, *rien* de totalement impossible.

Les poings sur les hanches, Lizzie considérait avec attention les livres sans repos. Un adage de sa mère lui revint en mémoire :

♥

Toi, tu n'égares jamais rien. Ce sont les objets,
Qui te perdent.
Et si par hasard tu as besoin d'un objet
Ayant perdu ta trace,
Montre-toi simplement à lui.

♥

Lizzie avait un temps espéré que ce précepte s'attachait au Pays des Merveilles. Mais elle avait eu beau arpenter Ever After High en se faisant bruyamment remarquer, son royaume ne l'avait pas retrouvée. Baba Yaga avait exigé qu'elle suspende ses menées tapageuses sous prétexte que cela terrorisait les bé-

bés lutins de la cave du lycée... Peut-être qu'avec un livre, cela fonctionnerait ?

— Salut, la compagnie livresque ! s'égosilla Lizzie en bondissant sur la table. Vous me voyez, là ? Je suis Lizzie Hearts, et j'ai appris que ceux d'entre vous qui traitaient du Pays des Merveilles avaient perdu ma trace. Eh bien : me voici !

Sur quoi, elle écarta les bras en essayant d'imiter le geste engageant avec lequel Apple invitait habituellement les oiseaux à la rejoindre.

Les livres se turent. On n'entendait que le bruissement de leurs pages qui s'agitaient, du haut de leurs perchoirs. Puis l'un d'eux vint se poser entre les mains de Lizzie.

— *Le Pays des Merveilles à travers les siècles*, lut-elle sur la couverture. Excellent ouvrage.

D'autres suivirent alors, atterrissant sur la tête, les bras, les épaules de la princesse de Cœur. Certains picoraient la table à ses pieds, ou l'ourlet de sa jupe. Elle ressemblait à Ashlynn Ella, quand elle se promenait dans la Forêt Enchantée et que les papillons et les feux follets se précipitaient sur elle...

— Je l'ai ! s'écria soudain Lizzie en ramassant un livre, sur la table. Les autres, vous pouvez disposer.

Elle éprouva à nouveau ce sentiment stupide de

gratitude, si ordinaire et indigne de son rang. Pourtant, consciente de la désapprobation de sa mère, elle ajouta :

— Merci.

Et les livres congédiés reprirent leur envol dans de grands battements de pages et de couvertures. Maddie se pencha sur l'ouvrage sélectionné : *Descriptions des lieux mythiques à usage des voyage-ophobes*. Un chapitre était consacré aux Bosquets de Ventripotus du Pays des Merveilles.

— Magnificiel ! lança-t-elle, ravie. Apportons-le à Cedar, s'il n'est pas déjà trop tard...

— Voyons, Kitty n'est *pas aussi* insupportable que cela ! commenta Lizzie.

— Je faisais allusion au Jabberwocky, précisa Maddie. Et je... je...

Sa voix se brisa. Lizzie lui posa une main réconfortante sur l'épaule, s'apprêtant à lui rappeler les dangers qu'il y avait à pleurnicher au mauvais moment, ou à quel point il était malséant de se laisser aller à perdre son sang-froid comme une mauvaise fée aux dents aiguisées... mais, à son vif étonnement, Maddie la coupa dans son élan en la serrant avec affection contre son cœur.

— Oh, merci, chère Lizzie !

— Je t'en prie, répliqua cette dernière, troublée.

Encore ce sentiment stupide qui l'envahissait ! Vite, elle s'écarta de Maddie, releva le menton et trancha d'un ton ferme :

— Allons sauver le lycée !

CHAPITRE 20

OÙ LA VORPALINE PATIENTE

Et tchac et tchoc !

Cedar Wood mixait les baies avec l'huile qu'elle avait dénichée dans le cabanon à outils de Lizzie. Tout ce qu'elle faisait était d'un ennui mortel.

Kitty Cheshire narrait toujours. Mais à quoi bon ? Maddie ne ratait vraiment rien d'enthousiasmant.

Kitty Cheshire décida alors d'« enthousiasmer » un peu les événements.

— Une fois la peinture prête, raconta-t-elle à haute voix, Cedar Wood se mit à renifler le sol comme un cochon truffier.

— N'importe quoi ! s'indigna Cedar.

— Et Kitty Cheshire disparut.

Ce qui se produisit en effet. Parfois, le Narrateur Intérimaire aimait à disparaître un long moment. Flotter entre ici et là lui semblait aussi relaxant qu'un bon bain. Ou un plein bol de soupe.

— De toute évidence, Kitty Cheshire venait de se faire avaler par le Revenant du Square dont Cedar Wood ignorait l'existence même. Aucun doute, Cedar Wood serait la prochaine au menu...

— Je t'entends, Kitty.

— Rien d'étonnant, hélas, puisque la voix de la victime du Revenant perdure par-delà la mort pour hurler sa tristesse.

— Ou sa folie pure, apparemment.

Quel jeu magnificiant ! Il distrayait bien Kitty Cheshire. Pendant quelques secondes, elle parvint à oublier le fataleux Jabberwocky dont la simple évocation suffisait à lui hérisser les cheveux sur la tête, à lui ramollir les jambes, à lui figer le sourire, et à lui donner envie de se lover comme un bébé craintif sur les genoux de sa maman.

Kitty Cheshire regretta aussitôt d'avoir formulé ces pensées.

Je t'en supplie, Maddie. Reviens.

Cette dernière déboula au même instant sur les talons de Lizzie, claquant la porte derrière elles sur des milliers de crayons trop amicaux pour être honnêtes, selon Cedar.

— Hé, je n'ai rien songé à ce sujet, on dirait que Maddie a repris la narration, nota Kitty.

— Vous voilà saines et sauves ! se réjouit Cedar.

— J'ai manqué quelque chose ? demanda Maddie.

— Des tonnes d'ennui, répliqua Kitty. Des bavardages inutiles, aussi. Et Cedar qui faisait le cochon truffier.

Cedar gronda :

— Non, ça, tu l'as inventé !

Maddie secoua la tête.

— Méfie-toi, Kitty, c'est très risqué, d'inventer. Le *Manuel du Parfait Narrateur* raconte qu'à force d'inventer des trucs, un Narrateur particulièrement doué a fini par obliger ses personnages à faire tout ce qu'il disait. Un vrai cauchemar !

— Comme de suivre un Destin Tout Tracé dont on ne veut surtout pas... marmonna Cedar.

— Bon, au travail ! intima Maddie.

— Une minu-thé ! Madeline Hatter vient-elle réellement de dire « Bon, au travail ! » ?

— Peu importe, souffla Kitty. Je me sentais *impliquée*. Je me suis portée *volontaire* pour aider...

Elle frissonna. Lizzie intervint :

— Maddie a raison, on ignore combien de temps

on a devant nous. On doit récupérer l'épée sans tarder et la confier à quelqu'un qui saura la manier. Le directeur Grimm. Ou Mme Baba Yaga. En tout cas, la Reine Blanche la brandirait avec panache, elle, une fois de retour...

— Vous me donnez le livre, alors ? réclama Cedar.

Tous les regards se tournèrent vers Lizzie. Elle renifla d'un air embarrassé.

— Un crabe géant l'a mangé.

— Pardon ?!

— Je ne voulais pas t'affoler, Maddie. Mais tu sais, ces dalles étranges, dans le dernier couloir ? Ben, l'une d'elles était un crabe plat... Il m'a arraché le livre des mains avec sa pince, et il l'a dévoré.

— Quoi ? Que ?

Maddie ne trouvait plus ses mots. Elle se sentait comme... L'éventualité de retourner en expédition dans le lycée tétanisait le Narrateur, incapable de fournir la moindre comparaison pertinente. Elle se sentait comme... du coulis de framboises, peut-être ?

— Du calme, ajouta Lizzie. J'ai lu le chapitre qui nous intéressait, quand on était à la bibliothèque. J'ai tout retenu par cœur.

Elle s'éclaircit la gorge et récita :

Un après-midi aux Bosquets des Ventripotus est
aussi chaleureux qu'une invitation à prendre le thé.
Des graines duveteuses de foliroses blanches
flottent dans l'air, où le parfum poivré des
[campanempomponnées
se mêle au musc violacé de la sève résineuse suintant des troncs
des Ventripotus.
Les fleurs raffolent de la sève de Ventripotu. Elles se
[rassemblent
au pied des arbres gourmands pour la siroter, formant ici
[un tapis
plus épais que l'herbe grasse. La folirose jaune
s'y épanouit sur sa tige frêle. La campanempomponnée aux
cinq pétales bleu vif s'y dore au soleil, auprès des
petits pois blancs du muguenneigé.
Le tronc de l'Arbre Ventripotu est large, gris,
son écorce rayée de bandes noires. Ses racines
s'entrecroisent sous la terre sombre. Les branches
des Ventripotus s'entrelacent de façon
qu'aucun arbre ne soit jamais isolé. Leurs feuilles arrondies,
de la taille de la paume de la main, sont d'un vert
quasi luminescent.
Au milieu d'un bosquet se trouve le plus central des Ventripotus,
où la Vorpaline patiente, la lame plantée jusqu'à la garde
dans le tronc gourmand. Seule la poignée de cristal

de l'épée enchantée est visible, reflétant les chatoyantes
[fleurs
alentour en attendant d'être saisie par la main justicière.

Cedar écoutait attentivement la description, s'appliquant à peindre ce qu'elle entendait sur l'une des parois du cabanon.

— Ton tableau a l'air correct, apprécia bientôt Lizzie. Mais il n'en a pas la *chanson*...

— Désolée, je fais de mon mieux.

— Pour donner vie à cette peinture, il nous faudrait plus que des mots, devina Maddie.

Lizzie alla chercher un instrument de musique dans son cabanon. Il ressemblait à un sitar, sculpté en forme de cœur, dans du bois de rose, et tendu de fines cordes d'argent.

— J'ignorais que tu jouais du dulcimer ! s'exclama Cedar.

— Je n'en joue pas, rétorqua Lizzie, pincée. Pas en public, du moins. Je conseille donc vivement aux uns et aux autres de garder pour soi ce qui va suivre.

Et s'asseyant en tailleur, le dulcimer sur les genoux, elle commença d'en jouer, frappant les cordes à l'aide d'un petit marteau. La mélodie sonnait un peu faux, à l'oreille de Cedar, mais cependant agréable, d'une beauté biscornue. Maddie s'en imprégna quant à elle comme d'une bonne tasse de thé réconfortant. Elle ne put s'empêcher de verser des larmes, la ritournelle nostalgique lui évoquant le mal du pays.

— Renifle-moi ça, Cedar ! dit alors Kitty.

Elle lui tendit sous le nez le minuscule flacon qu'elle portait en pendentif et expliqua :

— C'est de la résine de Ventripotu. Les Cheshire font souvent la sieste, dans ses branches. Sa fragrance me donne l'illusion d'être de retour à la maison.

La musique, le parfum enivrant emplirent progressivement le Square, et Cedar, inspirée, se mit à peindre. Elle travaillait pour la première fois avec ses vraies mains. Elle n'était plus en bois. Elle le ressentait si fortement que toute la réalité qui l'habitait imprégnait son art.

Lorsqu'elle leva son pinceau, reculant d'un pas afin de juger son tableau, Lizzie la félicita :

— Parfait, Cedar !

— Merci, souffla-t-elle, enchantée.

Quelle fantastique sensation de liberté, d'imprévisibilité ! Il lui tardait de découvrir toutes les merveilles dont elle était désormais capable...

— Tu as changé, Cedar, et pas seulement physiquement, remarqua Kitty.

— Non, j'ai toujours eu ça en moi, rétorqua-t-elle. Mais j'attendais juste d'être réelle avant de le vivre...

Lizzie fronça les sourcils.

— Parce que, avant, tu n'étais pas réelle ?

— Pas d'après mon Destin Tout Tracé, en tout cas… ni d'après Faybelle qui ne manquait pas une occasion de me le seriner !

Oui, si Cedar n'avait pas l'impression de penser différemment maintenant qu'elle était de chair et d'os, c'était parce que, emprisonnée dans son corps de bois, elle était *réelle* malgré tout.

Maddie contempla un instant la peinture de son amie…

— Vous savez, ça *va* fonctionner. Mon instinct de Narrateur en a la conviction intime. Mais seule Lizzie, qui est celle qu'elle est, peut se permettre de réclamer l'épée.

— Moi, princesse de Cœur et héritière du trône du Pays des Merveilles, je t'ordonne de me céder la Vorpaline ! déclama aussitôt Lizzie en tendant la main vers le tableau.

— Attention, la peinture n'est pas sèche ! l'avertit Cedar.

Cependant, les imperfections de la paroi du cabanon s'estompèrent, donnant littéralement vie à l'œuvre de Cedar. La main de Lizzie s'enfonça alors à travers la planche, pénétrant dans le Bosquet des Ventripotus comme si le tableau avait ouvert un portail entre les deux royaumes. Lizzie s'empara de la garde de l'épée, tira dessus... dans un crissement sirupeux, la lame se dégagea du tronc gorgé de sève !

Lizzie ressortit le bras de la peinture de Cedar et brandit triomphalement l'Épée Vorpaline qui paraissait forgée pour elle.

— Magnifique, dit-elle en passant le plat de la lame scintillante contre son front.

— Elle devrait être violine, non ? s'étonna Kitty.

Cedar haussa un sourcil.

— Ah bon ? Le texte ne le précisait pas...

À ces mots, la paroi du cabanon vibra et le tableau redevint une simple image sans vie, sauf que l'épée ne s'y trouvait plus. Elle brillait maintenant au poing de Lizzie, du violine le plus étincelant. Cedar essaya à son tour de plonger la main dans sa peinture, en vain.

— Dire qu'un instant, tout cela était si réel, regretta-t-elle. Et à présent, ce n'est plus qu'une plaque de bois humide de peinture fraîche... Du bois qui procure juste l'illusion de la vie...

Elle s'interrompit, le menton tremblant d'émotion contenue. Le Narrateur lui pressa gentiment la main.

— Je regrette que la narration ne soit pas plus

délicate envers la sensibilité de ses héroïnes, tu sais, mais le drame captive les lecteurs...

Cette fois, le sol se mit à vibrer. Et voici que le bouclier protecteur qui enclavait le Square s'évapora ! Le ciel n'apparaissait plus jaune, mais bleu limpide. Plus rien ne limitait la vue ni n'entravait l'horizon.

— Le Jabberwocky ! comprit Maddie. Ça y est, il a anéanti la barrière magique de Baba Yaga !

Frustré de ne pouvoir repérer les trois filles du Pays des Merveilles qui se cachaient à Ever After High, il avait dû finalement jeter son dévolu sur le Chapelier Fou, qui gesticulait sur un toit du village de Book End, au loin... et briser de convoitise le dôme magique qui l'en séparait !

Éperdue d'angoisse, Maddie fonça droit devant elle sans prendre le temps de vérifier si ses amies la suivaient. Elle ne songeait qu'à rejoindre son cher papa, l'as de la tisane antistress, le champion du sourire aux dents trop nombreuses, l'homme le plus dingo-dingue de l'univers, et qu'elle aimait par-dessus tout : les chapeaux, le thé, sautiller, et même tout ça à la fois !

Maddie sortit du Square et fila ventre à terre en direction du lycée.

— Si le Jabberwocky investit le village, tout sera fini, haleta Cedar qui courait sur ses talons avec Lizzie et Kitty. Raven restera corbeau, Apple restera pomme...

— La ferme, on est au courant ! grogna Lizzie d'un ton plus angoissé qu'agacé.

— Et les profs, où sont-ils ? interrogea Cedar. On devrait les voir, maintenant... Madame Baba Yaga ! Directeur Grimm ! On a la Vorpaline ! Venez régler son compte au monstre !

Lizzie pointa l'index vers la colline, près du lycée.

— Là-bas !

Un échiquier noir et blanc remplaçait l'herbe du terrain de croquet. Leurs professeurs se tenaient dessus, droits comme des i.

— C'est de plus en plus pire, récita Kitty à la manière d'Alice, la mythique héroïne du Pays des Merveilles.

Sa vision perçante discernait déjà en détail ce que ses amies devinaient seulement.

Elles atteignirent le sommet de la colline et en eurent enfin le cœur net : leurs professeurs demeuraient parfaitement immobiles sur les cases, telles les pièces en marbre d'un jeu d'échecs à échelle humaine. Le Jabberwocky avait transpercé le bouclier enchanté. Sa magie s'échappait du lycée pour s'étendre à tout le royaume...

Cedar se lamentait, quand le monstre surgit brusquement dans le ciel ! Vite, les quatre filles se tapirent sous un rosier, dont les épines lacérèrent jusqu'au sang les bras de l'ancienne marionnette.

Le souffle des larges battements d'ailes du Jabberwocky renversa les pièces-professeurs au passage. Partout, son ombre semait absurdités et divagations : la végétation devenait papier, l'herbe se faisait échiquier, les bancs se sauvaient à toutes pattes, les rochers explosaient, les pierres se dégonflaient...

— Mais nous avons l'Épée Vorpaline, n'est-ce pas, soupira Cedar. Les profs étaient supposés l'utiliser contre le... le...

Elle s'interrompit : le fataleux Jabberwocky venait d'opérer un virage et se ruait à présent dans leur direction.

— Pourvu qu'il ne nous voie pas, pourvu qu'il ne nous voie pas, chuchota frénétiquement Maddie.

Il survola nos héroïnes, alla atterrir en plein milieu du Square, ses longues griffes fichées dans la pelouse. Il inspira à fond, subtilisant les couleurs alentour, flétrissant les arbres, carbonisant les fleurs, asséchant les brins d'herbe : le monstre absorbait la merveillance intrinsèque du Square.

Lizzie hoqueta de désespoir. Maddie lui plaqua une main sur la bouche. Trop tard. Le Jabberwocky l'avait entendue.

Il tourna la tête vers elles, enflant ses gigantesques narines grises tandis qu'il humait l'atmosphère. Cedar frissonna, persuadée d'être Bandersnatchée d'une seconde à l'autre.

Puis quelqu'un cria :

— Holà ! Holà !

Quelqu'un qui traversait le Pont du Troll en agitant les bras afin d'attirer l'attention du Jabberwocky.

— Non, papa... murmura Maddie, folle d'inquiétude.

— Holà et hou hou ! s'égosilla le Chapelier Fou. Il n'y a rien de valable sous ce buisson de roses, Monstre ! Viens plutôt partager une gorgée de thé avec moi !

Ni une ni deux, le Jabberwocky prit son envol et se précipita sur le Chapelier. Maddie voulut courir le sauver, mais Kitty la retint.

— J'entends ce que tu narres. Seulement, tu ne peux pas aider ton père comme ça.

— Mais il fait n'importe quoi ! bredouilla Maddie. Le Jabberwocky va l'attraper et...

— Ton père essaie de le tenir éloigné de nous et du village de Book End pour que l'histoire ne s'arrête pas brutalement, souligna Kitty.

Sur quoi, le Jabberwocky fondit en piqué, saisissant le Chapelier entre ses serres avant de l'emporter au lycée, passant au travers d'un mur dont les briques s'écroulèrent sans bruit, comme des cartons vides.

Maddie, à un cheveu de s'effondrer, réalisa que ses trois amies la soutenaient. Elle devait tenir le choc. Elle devait continuer la Narration pour que son père ne reste pas captif du monstre...

— Et les autres profs ? lança tout à coup Cedar. Ceux qui sont en visite chez les Vents d'Est, d'Ouest et du Sud ? Ils devraient bientôt rentrer, non ?

Elle consulta son MirrorPhone, pleine d'espoir. Hélas, une fois de plus, la magie du Jabberwocky avait coupé le réseau.

Maddie se mordit les lèvres, en proie à un autre sentiment des plus ahurissants : la contrariété. Où étaient donc ces adultes responsables, censés gérer les catastrophes du style d'un monstre hideux venu réorganiser votre réalité, enlever votre merveilleux papa, transformer votre meilleure amie en oiseau, et gâcher tout un après-midi qui promettait pourtant d'être sensationnel ?!

Lizzie, les bras ballants, la pointe de la Vorpaline traînant par terre, regardait fixement les ruines de son Square. Elle fit alors volte-face, l'œil noir.

— On n'a pas besoin des profs, asséna-t-elle, glaciale. On a survécu jusqu'ici sans eux, avec tout ce qui mutait, attaquait, détalait, baragouinait et se Jabberwockysait. Les attendre serait du temps perdu, surtout s'ils deviennent des pions d'échiquier. La vile créature a kidnappé le père de Maddie et transformé nos amis. Plus longtemps ils demeureront autres qu'eux-mêmes, plus ils risquent d'oublier ce qu'ils étaient. On doit stopper *immédiatement* le Jabberwocky.

— Comment ? interrogea Cedar.

Lizzie brandit l'Épée Vorpaline.

— On lui coupe la tête.

CHAPITRE 21

EMPATHIE = ALERTE ROUGE !

Danger !

Lizzie avait le cœur meurtri, aussi terne et fané que les fleurs de son Square mirifique. Ce qui lui tapait prodigieusement sur les nerfs, déjà supra-exacerbés de nature.

Elle franchit la porte-cœur d'un pas rageur, Maddie, Kitty et Cedar à sa suite. Cette fois, ni souterrain, ni mobilier en furie, ni cartes de vœux vociférantes : elles débouchèrent dans une pièce blanche, sur laquelle donnaient une porte ordinaire d'un côté, et un étroit couloir recouvert du sol au plafond de moquette violette de l'autre. Une pancarte écrite en orange annonçait sur la porte : PAS DE JABBERWOCKY PAR ICI.

— Ce gribouillage n'est pas digne de confiance, décréta Lizzie. Quelqu'un veut nous piéger pour que nous nous trompions de chemin.

— Ou quelqu'un tente de nous piéger en nous faisant croire qu'il nous piège, pour qu'on tombe dans son piège en empruntant la porte-piège qu'on ne croira pas piégée, raisonna Kitty.

Lizzie explosa :

— Ça suffit ! Gare à qui prononcera encore le mot « piège » en ma présence !

Manque de chance, crier ne soulagea pas la boule d'angoisse qui lui tordait l'estomac... Elle serra plus fort la garde de l'épée : puisqu'il en était ainsi, le Jabberwocky paierait très cher le massacre de son Square !

Elle se retourna vers la porte-piège (mille excuses, Lizzie), mais un pan de mur aveugle la remplaçait à présent.

— Qui a volé la porte ?! rugit la princesse de Cœur.

— Pas moi, répondit Maddie.

— Ni moi non plus, se disculpa Kitty.

Elles dévisagèrent Cedar, qui bafouilla :

— Moi ? Je ne savais même pas qu'on pouvait voler une porte !

Là-dessus, l'autre mur cligna une seconde, et la porte-cœur disparut à son tour.

— Ah ah ! fit Lizzie. Si personne ne ment – *n'est-ce pas, Cedar ?* –, il semble que le lycée escamote lui-même ses portes !

— Il veut peut-être nous montrer la voie ? suggéra Maddie.

— Dans ce cas, on n'a plus le choix : au couloir moquetté, commanda Lizzie avant d'ajouter : *Un point c'est tout !* – ce cri autoritaire lui rendant courage.

Les longues boucles de laine violette chatouillèrent Lizzie en chuchotant, lorsqu'elle se faufila à l'intérieur du corridor. En dépit de l'épaisse moquette, l'endroit, frais et aéré, paraissait accueillant...

— C'est trop facile, grommela Lizzie, suspicieuse.

— C'est aussi trop calme, non ? s'inquiéta Cedar. Vous pensez que quelque chose va nous tomber dessus par surprise ?

— J'y compte bien, rétorqua la princesse de Cœur en tapotant son épée d'une mine déterminée.

Elles avancèrent, et le couloir les recracha soudain sur le plancher du Grimmnasium. Une bête gigantesque se tenait vautrée au fond de la salle : le lycée les avait directement conduites au Jabberwocky.

— Merci, Ever After High ! murmura Maddie.

Du bout de ses griffes, le monstre s'appliquait à

ligoter quelqu'un au sommet de son crâne... spectacle intolérable pour le Narrateur !

— Regardez, le père de Maddie ! s'exclama Lizzie dans un souffle. La bête l'attache avec des lianes et de la cire à cacheter. Elle se coiffe du Chapelier Fou comme d'un chapeau de merveillance destiné à nourrir sa magie !

À ces mots, le Jabberwocky sursauta, et les filles se tapirent à l'entrée du corridor moquetté, Lizzie dissimulant avec soin l'Épée Vorpaline derrière son dos.

— On doit délivrer mon cher papa ! frémit Maddie.

— Dès que j'aurai coupé la tête du Jabberwocky ! promit Lizzie.

Certes, la princesse de Cœur avait la folie nécessaire à une telle entreprise... Mais comment terrasser une créature aussi colossale ?

Cette dernière se mit à se trémousser sur ses pattes arrière, minaudant comme si elle faisait admirer son Chapeau-Chapelier à une foule de courtisans imaginaires. Cedar protesta tout bas :

— On ne peut pas attendre : il faut sauver le père de Maddie *avant tout* !

— Tel est mon Destin, déclama Lizzie. Cette bête odieuse provient du Pays des Merveilles en-chaosthé, et il m'incombe de rétablir l'ordre en mon futur royaume. Je marcherai donc sur l'ennemi sans faiblir afin de lui séparer la tête des épaules d'un coup de Vorpaline bien placé... peut-être deux.

— Mais si tu loupes ? Si tu blesses mon cher papa ?

— Je ne louperai pas, Maddie.

Le Narrateur baissa les yeux, anéanti. Cedar s'agitait avec anxiété. Kitty tremblait tellement de peur qu'elle en devint presque floue. Lizzie fronça les sourcils. Son discours belliqueux aurait dû générer plus belle exaltation !

— Imagine juste un truc, Lizzie, reprit Cedar. Imagine que ce soit ton propre père, là-haut, sur le crâne du Jabberwocky...

La princesse de Cœur imagina. Son petit papa merveillationnel, avec son touchant rictus d'incompétent, sous son écrasante couronne... Et la princesse de Cœur comprit enfin.

♥

Attention : empathie = danger ! En te contraignant
À comprendre ce que les autres ressentent,
L'empathie te pousse à te Soucier d'eux !
Alerte rouge absolue !

♥

Mais trop tard, le mal était fait. Lizzie avait imaginé, visualisé... Elle avait fait preuve d'empathie et, maintenant, elle *s'en souciait*.

— Nom d'un Valet de Pique : bien sûr qu'on libère le Chapelier Fou en priorité ! s'écria-t-elle. Vermisseaux des Merveilles toujours prêts !

Maddie lui sourit, et Lizzie sourit en retour, se demandant si l'empathie était réellement aussi néfaste que sa mère le prétendait...

CHAPITRE 22

HÉRISSONS DE ~~CROQUET~~ De guerre !!

— FINISSONS-EN AVEC CE SAUVETAGE DE papa, que je puisse enfin occire la bête ! lança Lizzie.

Cedar hésita un instant.

— Que se passera-t-il une fois que le Jabberwocky sera mort ?

— Sa magie, je l'espère, n'aura plus aucun effet, répondit Maddie.

— Plus d'effet…

Cedar posa la main sur sa poitrine. Son cœur battait la chamade. Cela signifiait combien elle avait peur, mais combien elle était vivante, aussi ! Si seulement elle avait le *temps* d'y réfléchir… Elle pourrait peut-être s'échapper, rentrer à toute vitesse chez elle et éviter ainsi de redevenir en bois ?

— D'ici une vingtaine de secondes, le Jabberwocky nous apercevra, avertit Kitty, terrorisée. Si tu pouvais régler tes états d'âme avant, Cedar, ça m'arrangerait...

Cedar prit une profonde inspiration. Débarrassée du sortilège d'honnêteté, elle se découvrait telle qu'en elle-même : pas le genre de fille à fuir l'adversité. Elle ferait face au monstre, au contraire. Comment avait-il osé s'attaquer à ses amis, hein ? Qu'il se prépare à subir le courroux de l'ex-marionnette !

Évitant au maximum, primo, de décrire l'infâme créature coiffée de son démoralisant pastiche de chapeau, deuzio, de perdre son sang-froid et de trembloter du menton, le Narrateur pressa la main de Cedar en signe de soutien réconfortant.

Le Jabberwocky se mit alors à renifler Briar-rosier. Immédiatement, les fleurs flétrirent, se ratatinèrent sous son souffle. L'arbuste frémit lorsque la bête s'apprêta à le déguster...

— Ne touche pas à cet irritant rosier, monstre ! menaça Lizzie en pénétrant brusquement dans le Grimmnasium. Tu as causé assez de dégâts pour aujourd'hui !

Il pivota, scrutant nos quatre héroïnes de ses féroces iris laiteux. Kitty devint à demi invisible.

— J'apprécie ta prévenance ! rugigna le Jabberwocky. Me...

— Tant mieux, l'interrompit Lizzie. Ôte ton chapeau et présente ta nuque, que je te décapite, ou je vais sérieusement me fâcher !

Son volumineux estomac glissant sur le plancher, la bête approcha cahin-caha de la princesse de Cœur en continuant :

— ... me livrer sur un plateau ce trio plein de merveillance fraîche à gober, c'est beaucoup trop attentionné !

Il avait la voix râpeuse, crissant à l'oreille de Cedar comme une craie sur une ardoise. Le Jabberwocky rampait toujours en pirouettant sur le ventre, inconscient certainement de la présence de la Vorpaline...

— Pourquoi avance-t-il de cette manière ? bégaya Kitty. Il me fait peur. Je n'aime pas ça du tout, du tout, du tout !

Avachi sur le crâne du monstre, le Chapelier Fou, épuisé, bringuebalait de droite et de gauche, aussi flasque qu'une baudruche vide : le Jabberwocky s'appropriait sa merveillance tout en l'entraînant en direction de nos héroïnes.

— *Hic, hoc, de l'énergie sur jambes ! Hic, hoc, miam pour le Jabberwocky !* fredonnait-il.

Il était temps d'agir.

— Kitty, tu apparais sur la tête de l'ennemi, tu détaches le père de Maddie, puis tu disparais avec lui. OK ?

— Je suis nulle, Lizzie, pour défaire les nœuds, gémit la fille du Cheshire en se rendant totalement invisible, cette fois.

— Kitty...

— Non ! Je n'y arriverai jamais, jamais, jamais...

— Quelle poule mouillée ! grogna Lizzie. Puisque c'est ainsi, je me charge de distraire le Jabberwocky pendant que *Cedar* délivre le Chapelier.

— Moi ?!

Cedar déglutit avec peine. Dans l'histoire, Pinocchio ne terrassait jamais le moindre dragon !

— Prépare-toi à subir le courroux de l'ex-marionnette ! susurra-t-elle pour s'encourager.

— Rugiflante créature, j'ai dit : présente ta nuque ! répéta alors Lizzie d'un ton péremptoire.

Le Jabberwocky grimaça.

— Soit. Tout étant de bric et de broc, à l'envers et alambiqué, la voici, la voilà !

Sur quoi, il se mit à fouetter l'air du bout de sa queue, narguant Lizzie en lui tapotant l'estomac. Elle brandit l'Épée Vorpaline, mais manqua sa cible.

La bête poursuivit son exaspérant manège, lui souffletant la tête, la joue, les côtes...

— Arrête ! s'impatienta le princesse de Cœur.

Son bras armé frappait dans le vide. Son prodigieux adversaire ricanait comme une cohorte de criquets en train de se noyer.

— On ne se moque pas de sa future reine ! fulmina Lizzie.

— À toi de jouer ! chuchota alors Kitty à l'oreille de Cedar. J'assure tes arrières !

Cedar avança d'un pas prudent. Sa terreur, mêlée à une intense confusion, permettait au Narrateur de ne pas trop se fixer sur la vision abominable de son cher papa réduit à l'état de chapeau-pour-Jabberwocky...

— Je vous en prie, aidez-le, supplia cependant Maddie.

— Qu'il en soit comme il se doit ! hurla Lizzie.

Et prenant un risque maximal, elle planta sa lame dans la queue qui lui giflait le nez. Elle trancha ainsi un petit morceau de la créature, qui se cabra en rugissant et virevolta sur elle-même, furibonde. Mais Lizzie demeurait tétanisée sur place, fascinée par l'entaille que la Vorpaline venait de percer dans l'air et qui se refermait sur elle-même... Se ressaisissant, la princesse de Cœur esquiva de justesse la serre acérée avec laquelle le Jabberwocky envisageait de l'écrabouiller. Lizzie roula sur le plancher, bousculant Cedar au passage, tandis que le monstre gesticulait tout en grinçant de son horrible ricanement.

— J'ignore comment sauver le Chapelier, bredouilla Cedar.

— Sauver les gens, ce n'est pas *ma* spécialité non plus ! grommela Lizzie en se redressant sur ses pieds.

À cet instant, Daring-bestiole débarqua dans le Grimmnasium par la double porte en acier.

— *Gra-ah !* fanfaronna-t-il en chargeant.

Le Jabberwocky l'accueillit en l'envoyant valser d'un grand coup de queue dans la figure.

— Daring ! s'exclama Cedar, soulagée. Lui, sauver les gens, c'est *sa* spécialité !

— Supra ! soupira Lizzie. Je continue à distraire l'ennemi !

Et elle se précipita en beuglant sur le Jabberwocky qui se trémoussait en galomphant et baragouinant, extrêmement satisfait de son après-midi. Vite, Cedar et Maddie remirent Daring-bestiole debout. Earl Grey surgit alors du chapeau de Maddie en couinant avec emphase, menaçant le monstre d'une épingle à chapeau. Pour un loir, il possédait l'étrange faculté de se considérer en héros...

J'ai toujours su imaginer la réalité des choses, quand je

n'étais qu'en bois, songea Cedar. *Il me suffit de me persuader que je suis une héroïne, moi aussi !*

Daring-bestiole réclama frénétiquement une arme. Lizzie lui lança son couteau à beurre, au manche sculpté d'un cœur splendide. Il le brandit d'un air martial.

— *Couic ?* demanda Earl Grey.

— *Couic !* répondit Daring-bestiole, l'arme pointée vers le Chapelier.

Cedar se redressa, persuadée de sa bravoure, de son audace, de sa force. De sa victoire !

— Remplissons notre mission, les gars !

Avec Earl Grey et Daring-bestiole, elle tenta d'escalader le flanc du Jabberwocky. Mais celui-ci remuait en tous sens, si bien qu'elle fit signe à Lizzie de lui donner un coup de main. La princesse de Cœur moulina deux fois plus rapidement de la Vorpaline, persiflant :

— Je vais t'émincer comme un oignon ! Un gros oignon dégoûtant dont personne ne voudra, surtout pas les végétariens !

— Quel sens de l'humour, misérable descendance des Cœur, crissa la créature. À mon tour, de te montrer ma bonne humeur !

Et d'un souffle de sa magie, il fit fondre la couronne d'or de Lizzie en longues stalactites pointues.

— Nom d'un Valet de Pique ! tonna-t-elle. J'aurais voulu épargner cela à mes fidèles sujets, mais tu ne le mérites *que trop*, vil Jabberwocky... Hérissons de croquet, hérissons de guerre, à mon aide !

Ils déboulèrent aussitôt à ses pieds, dans un vacarme de roulades effrénées. Lizzie empoigna la Vorpaline comme un maillet, et frappant un hérisson du plat de la lame, elle l'envoya directement dans le museau du monstre. Les piquants du petit animal se fichèrent dans la chair molle de l'ennemi qui s'immobilisa un moment, surpris.

Ni une ni deux, Cedar, Daring-bestiole et Earl Grey en profitèrent pour se hisser sur le dos strié du Jabberwocky. Au vif étonnement de Cedar, sa peau n'avait rien de celle d'un reptile écailleux. Elle était lisse et poisseuse comme de la gelée, au contraire.

Chtof ! Un autre hérisson se planta en souriant dans l'épaule du monstre. Cedar progressait, s'encourageant tout bas dans son ascension :

Je suis aussi légère qu'une plume. Aussi souple qu'un roseau. Je peux voler telle une libellule, et me faufiler parmi les obstacles comme une racine de bambou. Je suis une véritable héroïne.

Elle tira ensuite son couteau à aiguiser de sa poche, afin de sectionner les liens du Chapelier avec Earl

Grey et Daring-bestiole. Il lui semblait qu'elle s'était entaillé le doigt des années auparavant !

Une fois le prisonnier libéré, il s'affala, profondément endormi, dans les bras de Cedar. Normalement de taille modeste, le Chapelier Fou accusait aujourd'hui une haute silhouette. Il avait dû une fois de plus expérimenter la potion « Buvez-moi » pour grandir, et Cedar pouvait à peine le soutenir. Elle se demandait comment le ramener sur le plancher du Grimmnasium, lorsqu'une bouche suspendue dans le vide, devant elle, articula :

— Laisse, je m'en occupe !

Et Kitty Cheshire apparut tout entière. Elle prit le Chapelier dans ses bras tremblants et le télétransporta ainsi aux pieds de Maddie, à l'entrée du corridor moquetté, pendant que Daring-bestiole et Earl Grey bondissaient se mettre à l'abri.

— On passe au plan C, Shuffle ! commanda Lizzie au dernier soldat de son armée.

Elle lui confia une stalactite de sa couronne d'or, puis Shuffle se roula en boule, et Lizzie l'envoya d'un coup d'épée droit entre les deux yeux du Jabberwocky, que la hérissonne éborgna au passage à l'aide de la pointe dorée. Le monstre poussa un hurlement strident et rua, projetant Cedar dans les airs.

Aussi légère qu'une plume, psalmodia-t-elle à voix basse avant d'atterrir violemment sur le sol.

Elle se fit moins mal que prévu. Elle se releva et comprit pourquoi : Daring-bestiole, sous elle, avait amorti sa chute alors qu'il tentait de la rattraper au vol.

Soudain, le Jabberwocky nota la présence de Cedar. Il tendit son immense cou de serpent et baissa son énorme tête vers elle, la humant de ses narines gigantesques. Sans Shuffle qui se balançait comiquement au centre du front de la bête, Cedar aurait éclaté en sanglots hystériques ! Le Jabberwocky écarta ses mâchoires titanesques, soufflant au nez de la fille son haleine fétide, tiédasse, qui empestait à la fois le chien mouillé et le navet brûlé. Sa magie surpuissante transforma aussitôt les vêtements de Cedar en pages du conte *Pinocchio* cousues ensemble.

— Un à zéro pour moi ! gargouilla le monstre. Mais pourquoi la mini-pleurnicharde ne se métamorphose-t-elle pas ?

Daring-bestiole se mit à le boxer : il ne le sentit même pas.

— Oui, pourquoi ? insista le Jabberwocky en retroussant les babines sur ses dents épaisses. Parle, minable tom-pouce ! Avoue à Ma Grandeur pourquoi tu ne transmutes pas d'un pouce !

Je ferais mieux de mentir ! pensa Cedar.

Elle pourrait lui raconter qu'elle possédait de plus puissants pouvoirs que lui. Ou que sa chair était vénéneuse. Ou qu'elle était une pourfendeuse de Jabberwocky...

Mais Cedar opta finalement pour la vérité.

— Si, j'ai *changé*, affirma-t-elle d'une voix blanche. C'est votre magie, qui fait tout de travers ! Mon aspect normal est celui d'un pantin de bois condamné à dire la vérité en toute circonstance, jusqu'au jour où la Fée aux Cheveux Indigo me délivrera de son sortilège pour faire de moi une vraie fille de chair et d'os. Et ce jour n'est pas encore arrivé... enfin, si, à cause de vous.

— Menterie et félonie ! rugit le Jabberwocky.

Lizzie, qui s'était discrètement approchée de la nuque reptilienne de la frumieuse créature, brandit l'Épée Vorpaline... et *tchac* et *tchoc*, elle frappa !

Alerté par le bruit de la lame fendant l'air, le Jabberwocky évita le coup mortel. Il rejeta la tête en arrière, propulsant rudement Lizzie plus loin.

— Non ! cria Cedar en courant auprès d'elle.

— Où est l'épée ? murmura Lizzie. Je l'ai lâchée...

Le monstre, stupéfait, fixait l'entaille que la lame rutilante avait percée dans l'air.

— La Vorpaaaaaaline ! crissa-t-il rageusement en se ruant sur l'épée.

Mais Daring-bestiole la ramassa le premier, luttant pour ne pas s'affaler sous son poids. Le prodigieux Jabberwocky s'emballa. Il fonça sur Daring-bestiole... qui disparut brutalement. La bête s'immobilisa, détectant le sillage citronné d'une Cheshire invisible. Puis Daring-bestiole réapparut hors de portée, l'épée flottant dans le vide à son côté... avant de disparaître encore !

— Vorpaaaaaaline ! grognifla le Jabberwocky, hors de lui.

Et *tchac* et *tchoc !* entendit-on à l'autre bout du Grimmnasium, où Kitty moulinait de l'épée, perchée au sommet du panier de basket.

— Toutes ces allées et venues, c'est crevant ! soupira-t-elle. Surtout que je me trimballe cette fichue Vorp...

Elle se tut en apercevant la balafre que la lame venait d'ouvrir dans l'air, et sourit de toutes ses dents de Cheshire...

— Génial ! gloussa-t-elle, l'œil pétillant. Cette épée peut nous ramener à la maison, les filles ! Je vois le Pays des Merveilles !

Elle désigna l'entaille, avant d'ajouter :

— On y va ? On s'en fiche, de la vieille contamination qui a provoqué la quarantaine... Ce n'est pas mieux ici, de toute façon !

À ces mots, le Jabberwocky arracha une partie du plancher et l'envoya dans le poteau du panier de basket, qui s'écroula dans un terrible fracas de bois brisé.

— Vorpaaaaaaline ! beugla-t-il en fonçant au triple galop vers les débris de poteau, de panier et de plancher, afin d'y fouiller à la recherche de l'épée.

— Ce Jabberwocky serait un fabuleux atout pour notre équipe de basket, remarqua Kitty en réapparaissant derrière Cedar.

— Kitty ! Tu vas bien ?

— Si on veut, toussota-t-elle, les paupières mi-closes et l'oreille saignant légèrement. Apparaître, disparaître, courir en transportant un glaive enchanté... je suis lessivée !

Sur quoi, elle tendit la Vorpaline à Lizzie.

— À toi l'honneur, princesse ! Oublie le monstre hideux et utilise l'épée pour nous trancher un passage vers notre merveilleux chez nous !

— Mais on ne peut pas abandonner Ever After High dans cet état ! protesta Cedar.

Lizzie étudia la question...

— Oh, après tout, *pourquoi pas ?* Je pourrais rentrer à la maison, lever une armée et revenir prendre le contrôle de...

— Pardon ?! Tu veux dire comme la Méchante Reine, mais en sens inverse ?!

Lizzie se ressaisit.

— Non... Bien sûr que non, Cedar !

Le Jabberwocky ayant renoncé à retrouver la Vorpaline dans les débris de bois, il avançait à présent en direction de nos héroïnes, ses serres létales cliquetant lourdement sur le plancher...

— Donne l'épée, Kitty, vite ! pressa Lizzie.

— Promets d'abord de nous ramener au pays, s'entêta la fille.

— Matou du Cheshire ! tempêta alors l'effroyable Jabberwocky.

Et battant de ses ailes membraneuses, il sauta sur ses proies. Tout le monde fut projeté de droite et de gauche, Kitty partant en vrille jusqu'au plafond ! La Vorpaline lui échappa des mains, sa lame déchirant l'air, avant de rebondir contre le mur et de plonger directement au cœur de l'entaille... Ni une ni deux, Kitty l'intercepta au vol, et Cedar réprima un gémissement : elle allait traverser le passage qui menait au Pays des Merveilles avec l'épée, et tout serait fichu.

Pourtant, Kitty disparut et réapparut dans la foulée au milieu des filles, jetant la Vorpaline aux pieds de Lizzie.

— Elle a réussi ! s'extasia Cedar. Elle l'a rattrapée avant qu'elle ne retombe au Pays des Merveilles !

— Et avant d'y retourner *elle-même*, souligna Maddie.

— Qu'on lui coupe la tête, à ce Jabberwocky, Votre Altesse, déclara Kitty en bâillant, exténuée.

Elle se roula en boule par terre avant d'ajouter :

— Moi, j'ai besoin de récupérer le temps d'un petit ronron...

Lizzie lui tapota affectueusement le front et s'empara de l'arme scintillante. En dépit de sa couronne fondue, du cœur délayé autour de son œil, de sa jupe déchirée et de ses collants troués aux genoux, la princesse conservait toute la dignité de sa royale détermination.

— À toi, Shuffle ! ordonna-t-elle, l'Épée Vorpaline en garde.

Le Jabberwocky ouvrit grand la gueule pour dévorer Lizzie... lorsque Shuffle, toujours fichée entre les deux yeux de la bête, visa et lui lança la stalactite en or dans la gorge.

— *Argh !* s'étrangla à demi le monstre.

Cedar se mordit les lèvres. Décidément, il valait

mieux compter parmi les amis de la tonitruante princesse de Cœur, qui déclama :

— Callouh, callay, vaillants sujets : notre jour frabieux est en marche !

CHAPITRE 23

LE MAÎTRE DU ~~NÉANT~~ Pays des Merveilles !

LIZZY ABATTIT SON ÉPÉE, RATA SON COUP. Une grosse patte écailleuse pleine de rancune l'envoya valser à terre. Lizzie se redressa aussitôt, passablement crispée. Tout clochait !

Mettre le Pays des Merveilles à sa botte était son Destin Tout Tracé. Mais il n'avait jamais été question de Square ravagé, ni de gens blessés. Lizzie tâta sa lèvre enflée. Nom d'un As de Trèfle en déroute : *elle* était blessée... et dire que ce fieffé Jabberwocky s'en tirait avec un hérisson de rien du tout fiché dans le front et une petite pique en or plantée dans le gosier !

— *Grumph !* toussa-t-il pour l'en déloger.

— Vas-y, Lizzie, profites-en ! l'encouragea Maddie, enfin plus enjouée.

— Tu es rassurée pour ton papa ? devina la princesse de Cœur.

Encore cette empathie… mais loin de l'incommoder, elle la comblait de satisfaction, au contraire. Et si sa mère se trompait, de temps en temps ? Oh là là, quelle angoisse ! Préférant y songer plus tard, Lizzie asséna :

— L'heure est venue de terrasser la bête !

Elle se rua sur l'ennemi lame au clair, ne parvenant qu'à lui sectionner la pointe d'une corne, avant d'être éjectée d'un nouveau coup de patte.

Par les toc *et les* poc *! C'est peut-être cette stupide empathie, qui m'empêche de viser ?!*

Le Jabberwocky essayait toujours de se débarrasser de la pique dans sa gorge, quand Maddie s'en mêla.

— VermiFou toujours prêt ! s'écria-t-elle.

Et ôtant l'un de ses souliers, elle le jeta à la tête du monstre.

— Arrête ! gronda Lizzie. C'est *mon* destin, pas le tien !

Sur quoi, le Jabberwocky réussit finalement à cracher la pointe en or. *Shlack !* La force de l'expulsion propulsa l'objet en plein dans le front de Lizzie.

Bizarre, pensa-t-elle, étourdie, en s'effondrant à genoux. *Je n'aurais jamais imaginé qu'un tel coup ferait* « shlack »*... Il faudra que j'en parle à Maddie. Il faudra aussi que je lui présente mes excuses pour ma brusquerie.*

— Lizzie !

Maddie se penchait sur elle, inquiète. La princesse de Cœur fronça les sourcils. Personne ne l'avait encore approchée de si près ! Mis à part Shuffle, évidemment. Mais la hérissonne ne comptait pas vraiment pour une personne, à cause de ses piquants. De toute manière, Lizzie n'appréciait pas les animaux familiers au pelage trop doux.

— Maddie, je voulais justement te dire un truc... haleta Lizzie.

— Pas la peine, je suis au courant, répondit-elle en l'aidant à se relever. Je viens de le narrer, je te signale !

Entretemps, le Jabberwocky avait coincé Cedar contre un mur. Il lui souffla un typhon de magie à la figure : seuls ses vêtements de papier jaunirent et se recroquevillèrent aux ourlets...

— Si la mini-pleurnicharde refuse de se transformer en mets plus appétissant, je la dévorerai donc telle qu'à présent ! s'énerva la bête.

— Objection ! opposa Lizzie. Cette fille est sous la protection de la Cour Royale du Pays des Merveilles. Toute action engagée contre elle sera considérée comme la plus haute trahison !

— Mais nous ne sommes pas au Pays des Merveilles, ici, protesta le Jabberwocky, haussant un sourcil emplumé. Nous sommes Ailleurs, *mon* Ailleurs, où la misérable descendance des Cœur n'est que le maître du Néant !

— Où que je sois, le Pays des Merveilles *est*, répliqua Lizzie sans plus douter. Une reine et son royaume ne font qu'un, partout, et en toute circonstance !

Le monstre ricana.

— La merveillance de ce lieu m'échoit. Où que *je* sois, la Merveille des Pays est !

— Non, cet endroit n'a rien du Pays des Merveilles ! s'égosilla Lizzie. C'est une véritable abomination, une altération toxique ! La fougue déserte même ton regard, Jabberwocky. Tu as déjà gaspillé l'énergie volée au Chapelier Fou. Tu t'affaiblis, tandis que *je* possède la Vorpaline !

La vile créature ricana avec cruauté.

— La puissance de l'épée ne vaut que par l'habileté du chevalier, et tu es d'une intense médiocrité ! Tu frappes-frappes-frappes dans le vide, ne massacrant que de l'air. Un genre d'attaque que mon cou musculeux ne craint guère ! Hélas pour toi, seule la Vorpaline me vaincra. Je n'ai donc pas à m'inquiéter ! En revanche, pauvre fillette, mes serres dépourvues de merveillance suffiront à te réduire en miettes !

Et il bondit sur elle, toutes griffes dehors. Lizzie, entraînée par des années de croquet flamant-hérisson, brandit la Vorpaline avec tant de poigne, de vigueur, de hargne et de prérogative souveraine, qu'elle trancha net une patte du Jabberwocky. Une entaille fendit en même temps l'air, aspirant le membre sectionné avant de se refermer sur lui.

La bête recula en hurlant, et Lizzie s'en félicita. À chacun son tour, d'être blessé ! Elle tira alors sur la garde de l'épée, pour la soulever à nouveau. Mais la force du coup avait enfoncé la lame dans le plancher. Maddie accourut pour aider à la dégager. Le Jabberwocky pivota vers elle, une minuscule patte rose pâle de remplacement poussant déjà au milieu de sa plaie...

— Hé, le Jabberwocky !

Cedar l'interpella, le bombardant de morceaux de bois afin de détourner son attention de ses amies.

— Pourquoi tu ne t'en retournes pas simplement au Pays des Merveilles ? Tu pourrais y déguster à satiété de succulents Bandersnatch grassouillets !

Une lueur de nostalgie passa un bref instant dans

le regard de la bête, qui baissa alors ses paupières grises humides et se renfrogna.

— Au Pays des Merveilles, le poème est formel, je finirai victime de la Chasse Galomphienne. Au moins, ici, mon destin m'appartient. Je serai roi et régnerai sans fin, aussitôt la Vorpaline devenue mienne !

Sur quoi, il s'apprêta à envoyer un magistral coup de queue à Lizzie et à Maddie. Lizzie repoussa la fille du Chapelier, mais fut percutée de plein fouet. Quelle douleur ! Le choc la projeta comme un boulet de canon, libérant l'épée du plancher dans le même mouvement. Bringuebalée en tous sens, Lizzie ne lâcha pas la Vorpaline pour autant, commandant à ses doigts de tenir bon, la lame tailladant l'espace d'une large ouverture sur le Pays des Merveilles.

Puis, heurtant le mur, la princesse de Cœur n'eut plus la force de retenir l'arme, qui se faufila dans l'entaille ménagée entre les deux mondes, juste avant que Lizzie n'atterrisse violemment sur le plancher.

Sans hésiter, le Jabberwocky plongea la patte dans l'entaille et ramassa l'Épée Vorpaline... lorsque Hutling, le bébé-chaumière, déboula dans le Grimmnasium, crachant les élèves-objets qui encombraient son salon intérieur !

Un corbeau lâcha une pomme sur le crâne du monstre avant de la récupérer et de s'éloigner à tire-d'aile. Le Jabberwocky chancela, trébuchant sur un cadenas en or et un œuf de cuivre. Tâchant de se rattraper à un arbre, il ne parvint qu'à se couper encore une patte contre la hache qui se balançait aux branches. Déséquilibré, il tomba dans la faille qui menait au Pays des Merveilles...

Le portail se refermait déjà, et Lizzie eut la certitude que la bête allait se retrouver piégée entre les deux royaumes... Mais non. Le Jabberwocky brandit la Vorpaline, sa lame chatoyante élargissant l'ouverture comme une balafre à vif infectée par le monstre et qui ne pourrait cicatriser...

— Tu dois repartir ! l'invectiva Lizzie. Le peuple d'Ever After est gentil, amical, valeureux... tout ce que tu n'es pas !

— Et toi, l'es-tu ? rugifla le Jabberwocky.

Il enroula sa queue autour des chevilles de la princesse de Cœur. Les yeux laiteux de la bête s'illuminèrent, et Lizzie sentit qu'il s'appropriait sa *merveillance*... Shuffle, le dernier hérisson encore fiché dans la peau écailleuse du Jabberwocky, bondit et détala jusqu'à Lizzie, la caressant avec tendresse de ses piquants.

— Ce monde m'appartient enfin ! triomphula le Jabberwocky.

Incapable de bouger, Lizzie articula avec peine :

— VermiFou... toujours... prêt...

Bon. D'accord. Je reprends le flambeau. *Gloups !*

CHAPITRE 24

LA FOLIE, C'EST LA VIE

Le prodigieux Jabberwocky tenait la Vorpaline dans la faille, entre les deux mondes. Lizzie gisait à terre. Et le Narrateur, quoique novice, savait qu'une aventure Afterienne ne devait en aucun cas se terminer sur la victoire du méchant.

Or, le Narrateur avait prêté serment de ne jamais, ô grand jamais, interférer avec l'histoire, chose impossible s'il en fut.

Sauf que le Narrateur était également Madeline Hatter, protagoniste, et que Maddie possédait la faculté merveillationnelle d'imaginer six choses impossibles avant le petit-déjeuner...

— Tu dois rentrer chez toi ! commanda-t-elle au Jabberwocky.

— Pardon, je te prie ? grognifla-t-il.

— Non, tu es impardonnable ! fulmina Maddie. Le mieux que je puisse faire pour toi, c'est de te renvoyer d'où tu viens !

— *Toi*, me renvoyer *moi* ?! Et qui es-tu, arrogant rôti sur jambes ? Un prince en jupon ? Nenni. Un preux chevalier ? Nenni. Les en-chapeau-thé se contentent de regarder les autres agir. Tu es de la race des pires dingo-déglinguos !

— Merci beaucoup !

Maddie aperçut des éclats de couleur et de lumière, de l'autre côté de l'entaille. Contaminé ou pas, le Pays des Merveilles n'avait rien perdu de sa magnificence. Le parfum pétillant des Ventripotus s'évadait de la faille, ainsi que le bruissement frais du ressac, et le prégnant arôme huîtré de l'air ambiant.

— À ta place, je vibrionnerais, je jubilerais d'impatience à l'idée de revoir le Merveilleux Pays des Merveilles ! reprit-elle.

Le monstre éclata de son horrible rire chair-de-poulien. Comment ? Il osait se moquer du Pays des Merveilles ? Les poings serrés, Maddie résolut d'enfreindre quelques règles des romanciers...

— Le Jabberwocky appuya plus fort sur la lame de la Vorpaline, la faille entre les deux royaumes s'écartant davantage, décrivit Maddie.

Et ce qui fut énoncé se produisit.

Le Jabberwocky roula des yeux comme des soucoupes devant l'ouverture qui s'élargissait malgré lui.

— Quelle magie est-ce là ? mugit-il.

— La Narration, répondit Maddie.

La bête grinça des dents.

— De personne, je ne suis la marionnette. Surtout pas d'une minuscule en-chapeau-thé. Et en jupon.

— Dommage pour toi ! Mon amie la plus proche est justement une marionnette !

Là-dessus, le Jabberwocky avança, Vorpaline au poing, vers Maddie. La faille commença immédiatement à se refermer.

— Et s'arrêta soudain ! se dépêcha de contrer la fille du Chapelier. Oui, la faille cessa de se refermer, attendant que ce qui en valait la peine passât de l'autre côté...

La faille freina sa fermeture, sans pour autant s'arrêter complètement. Les iris laiteux du Jabberwocky pulsèrent.

— Le Néant résonne en toi, l'en-chapeau-thé !

Je réclame séance tenante les vestiges de ta merveillance, coquille évidée !

Les épaules de Maddie s'affaissèrent. Elle se sentait en effet bien vide, totalement lessivée. Le monstre la dominait à présent de son redoutable gigantisme, son souffle nauséabond lui ébouriffant les cheveux.

— Le pouvoir Narratif que tu t'es approprié n'est rien face à la force de ma volonté. Ma puissance magique fait loi. Tu me serviras désormais avec joie.

— C'est ça ! ironisa Maddie. J'ai déjà prêté serment de ne servir que l'histoire et le lecteur. Ce qui exclut, tu en conviendras, tout Jabberwocky quel qu'il soit.

— Bavardage incohérent ! rugit la bête en se penchant vers elle, salive aux babines. Dialogue haut, clair et net, requis dorénavant !

Maddie rejeta les épaules en arrière et releva le menton.

— Tu as raison, Jabberwocky, mon pouvoir n'est pas suffisant pour t'affronter... Mais le leur, si !

Le monstre tendit son long cou de serpent afin de scruter les environs. Il ne vit rien ni personne à même de le vaincre dans le Grimmnasium...

— Quel pouvoir ? De qui parles-tu ? grinça-t-il, agacé.

— Je parle d'eux, rétorqua Maddie en vous montrant de l'index.

Oui, vous. Mes chers Lecteurs.

— Je ne détiens qu'une moitié de la Narration, expliqua encore la fille du Chapelier. Le reste appartient aux Lecteurs, qui sculptent chaque phrase en pensées imagées, offrant ainsi sa *réalité* à l'histoire. Pas vrai, Lecteurs ?

Allez-y, ne vous gênez pas. Opinez du chef, criez oui, klaxonnez, applaudissez absolutivement. À vous de juger !

Le Jabberwocky recula d'un pas.

— Ton verbiage est un brûle-cervelle qui m'affole ! Tu es folle !

— Il me semble, en effet, gloussa Maddie. Tu veux que je te confie un secret, mon petit Wocky-ky ?

Elle baissa d'un ton.

— Eh bien : la folie, c'est la vie, mon vieux !

Bon. Il s'agirait à présent de m'aider, chers Lecteurs. Pensez les mots suivants à haute voix. Ou prononcez-les. En tout cas, narrez-les afin de leur donner vie et réalité sans tarder :

— Rentre chez toi, Jabberwocky ! scanda Maddie.

Rentre chez toi, Jabberwocky ! Un concert de voix invisibles répéta cette phrase, s'élevant à travers le temps, l'espace, et tout ce qui s'entortille entre eux.

Tous en chœur, Lecteurs !

Rentre chez toi !

Rentre chez toi !

RENTRE CHEZ TOI !

Et le prodigieux Jabberwocky, terreur des deux royaumes, fléau des Bandersnatch, perdit l'équilibre, poussé par une armée de voix insolites qui lui assourdissaient l'esprit.

— NON ! beugla-t-il.

La faille s'élargit derrière lui, bouche béante au pourtour iridescent, scintillant de toute la luminosité du Pays des Merveilles. Le Jabberwocky se cabra ; sa grosse tête l'entraîna inéluctablement, et il fut englouti par l'entaille...

— Gagné ! triompha Maddie.

— Impossible ! hurla la bête, de l'autre côté de la faille.

Maddie s'esclaffa :

— Je te l'ai déjà dit, monstre décérébré : l'impossible n'existe pas !

Le Jabberwocky atterrit au Pays des Merveilles. Fou furieux, il se débattit comme un diable, ses muscles saillant sous sa peau écailleuse tandis qu'il luttait en vain contre l'inévitable...

Maddie cessa soudain de sourire.

— On ne s'en prend pas impunément à mon papa, articula-t-elle lentement.

Et la faille se referma pour de bon sur l'ennemi.

CHAPITRE 25

TANT PIS, ON EST AMIES

UN PUDDING, PAS TERRIBLE, COMME CHAPEAU ! MON ODORAT FUIT COMME LE TEMPS PERDU QUI COUcou ? Coucou ?

On me lit, là ? Je suis intelligible ? Je ne narre plus d'absurdités ? Hourra ! J'ai retrouvé rime et raison ! Le Narrateur est de retour et entame la danse de la victoire ! Admirez un peu ça ! Chouette chorégraphie, non ? Je viens de l'inventer, et je ne suis pas près de la lâcher. Oh, yeah ! *Ta-ta-la-ta-ta !*

— Narrateur, vous revoilà ! s'exclama Maddie. Youpi-youpla-la !

Oui, Maddie, enfin ! J'ai bien souffert, tu sais. Je pensais normalement, mais mes phrases n'avaient aucun sens et j'étais condamné à assister au désastre sans pouvoir... minute papillon. Je suis le Narrateur. Un vrai pro. Finie, la danse de la victoire. Au boulot !

Hum. Donc, quel jour glorieux, pour Ever After ! Une gloire qui rejaillissait sur le Narrateur ! Le Jabberwocky avait regagné le Pays des Merveilles, et partout, dans le Grimmnasium, les effets de sa mauvaise magie se dissipaient : les gens et les objets se dé-transformaient en ce qu'ils avaient coutume d'être.

Un rosier se ramassa sur lui-même en une pelote de fleurs et d'épines, avant de s'épanouir en une grande et belle jeune fille à la peau mate, dotée d'un goût très raffiné au vu de sa tenue rose pâle. Elle fonça immédiatement vers Lizzie, ses hauts talons claquant sur le plancher du Grimmnase.

— Waouh, princesse ! Tu as assuré comme un chef !

Briar ponctua ses félicitations en levant un poing triomphant. Toujours avachie contre le mur, Lizzie se redressa. Elle avait souvent observé les autres lorsqu'ils répondaient au salut particulier de Briar, et sut ainsi comment procéder : elle frappa son poing contre le sien, ouvrit la paume et agita les doigts en mimant le jet d'un spray à paillettes. Lizzie ne put réprimer un gloussement de contentement.

— Oh là là ! s'exclama Briar. Quand je pense que cette chose était à un cheveu de gober mes roses ! Mais tu l'as attaquée de ton épée, Lizzie, et tu as été superlifique ! Je n'aurais jamais cru que tu étais si royalement fantasti-buleuse !

— Et moi, je n'aurais jamais cru que je me préoccuperais de te sauver la vie, répliqua la princesse de Cœur.

S'éclaircissant la gorge, elle ajouta :

— Mais je ne le regrette pas.

— Abracool ! Alors, on est amies ?

Lizzie hésita. Elle toisa Briar, puis Cedar, Maddie et Kitty...

♥

À une lettre près, l'A-mi est N-mi !
Les amis sont à éviter à tout prix,
Sauf parmi les pirates, N-mis de tes N-mis,
Qui de personne ne sont A-mis !

♥

Parfois, les conseils de la Reine de Cœur ne s'appliquaient vraiment pas au contexte...

— Tant pis, on est amies, accepta Lizzie à sa façon.

Un cadenas en or se déverrouilla alors, se métamorphosant en jeune fille à l'abondante chevelure aux boucles blondes. Blondie Lockes regarda autour d'elle, renifla à la manière d'un ours, et s'écria :

— Géant ! Ce qui se passe ici sera le MirrorCast de l'année !

Une paire de souliers de cristal se déploya dans un rayon de soleil, s'étirant en Ashlynn Ella qui cligna ses yeux de biche, incrédule, avant de défaillir avec grâce. Près d'elle, un arbre massif devint Hunter Huntsman et rattrapa de justesse la damoiselle évanouie, tandis qu'un chœur de trompettes héroïques résonnaient de nulle part.

Une tête apparut soudain sur un corbeau en vol, qui atterrit sur une pomme en pleine mutation. Les ailes de l'oiseau redevinrent des bras, et en moins de dix secondes, Raven Queen se tenait assise sur le crâne d'Apple White.

Raven se releva vite avant de choir et, déstabilisée, elle bouscula un vélo bleu qui se changeait justement en Dexter Charming.

— Oups ! Désolée, Dex ! s'excusa Raven. Mais merci de m'avoir retenue dans ma chute !

— À ton service, rétorqua-t-il, le visage à demi écrasé sous la semelle de la botte de la jeune fille.

Petit à petit, tout reprenait son aspect initial. Les murs ne frétillaient plus, le plancher ne rebondissait plus, les vitres baladeuses réintégrèrent leurs fenêtres...

Même les habitants du Pays des Merveilles notèrent l'amélioration. Plus de cette ridicule clarté d'esprit, mais une inégalable richesse de considérations aussi foisonnantes que primordiales : des choux, puis des rois. Des chapeaux, du croquet, des services à thé, et pourquoi pas des meilleures rimes à *oranges* et à *spaghetti*. Ou encore des énigmes épineuses, telles : « Qui vient en premier, le bouillon ou la poule ? » « À quel son se hérisse le hérisson ? »

— Question pertinente, n'est-ce pas ? lâcha Maddie, repoussant les cheveux vert menthe striés de blanc qui tombaient dans les yeux de son père.

Le Chapelier Fou s'était réveillé. Exténué, il souriait de toutes ses dents, la tête posée sur les genoux de sa fille.

— Extrêmement pertinente, mon enfant ! approuva-t-il. Le hérisson se hérisse bien à un son quelconque, et il est légitime de se poser la question.

Une fille de chair et d'os contemplait la scène, en retrait. Elle seule ne se métamorphosait p... oh, Cedar. Je suis sincèrement navré. Enfin, non. Je veux dire, le Narrateur doit se contenter de rapporter ses observations. Et le Narrateur remarqua donc que

Cedar Wood se re-transformait finalement à son tour. *Hum.*

D'abord, sa peau se raffermit, son intérieur se figeant comme de l'eau gelée. Le souffle quitta ses poumons, son cœur cessa de battre et cette fantastique chaleur, dans sa poitrine, se glaça. Le froid l'envahit alors de la pointe de ses orteils au bout de ses doigts. Ses ecchymoses s'effacèrent, ses écorchures cicatrisèrent, jusqu'à la première coupure, sur son index, qui se referma. Son nez de bois avait cependant conservé le souvenir du dernier parfum respiré : les roses de Briar.

— Cedar !

Raven courut vers elle afin de la serrer dans ses bras.

— Merci, Cedar ! Sans toi, personne ne s'en sortait ! Dommage, je n'ai pas pu te serrer ainsi quand tu étais encore de chair et d'os...

— Ne t'en fais pas, Raven, ça arrivera bien le moment voulu...

— Alors, ça y est ? Tu as décidé de suivre ton Destin Tout Tracé ?

Cedar secoua la tête, son cou de bois craquant comme autrefois. Elle soupira, exhalant un ultime filet d'air de sa poitrine de bois vide.

— Forcer les choses à être ce qu'elles ne sont pas,

ce n'est pas mon style, répondit-elle. Chacun devrait avoir la possibilité de choisir sa propre voie, j'en suis plus convaincue que jamais. Je vais d'ailleurs en toucher un mot au directeur Grimm de ce pas. Qu'il laisse les Royals être Royals, et les Rebels, Rebels !

— Oui, mais...

Raven frôla la main de bois de Cedar, qui haussa les épaules. Ses joints ayant du jeu, elle tira des chevilles de rechange de sa poche et les vissa dans ses coudes en confiant :

— Avant, je me considérais comme un vulgaire morceau de bois qui pensait être quelqu'un. Maintenant, je crois être une vraie personne qui s'imagine juste qu'elle est en bois.

— Ta logique est pleine de merveillance ! s'esclaffa Raven.

— À force, Lizzie, Maddie et Kitty m'ont contaminée !

Cedar resserra encore l'articulation de son genou. Dans l'immédiat, elle devrait donc à nouveau se contenter d'imaginer le parfum des roses. Elle se redressa, se sentant aussi solide qu'un arbre. Plus de courbature, ni de crampe. Plus de douleur, ni de blessure.

Lizzie s'était relevée. Elle ne portait aucune sérieuse marque physique de son combat contre le Jabberwocky, mais paraissait sonnée.

— Ça va, Lizzie ? demanda Cedar.

— J'ai dû me fouler tout un tas de trucs et me faire quelques bleus, mais sinon, ça va, fit-elle.

Perchée sur son épaule, Shuffle couina. Elle acquiesça :

— Oui, Shufflinette, pourvu que le Square aille bien.

— Par mes échardes ! Le Square ! s'exclama Cedar. Tu penses que tout est rentré dans l'ordre, là-bas aussi ?

— Je l'espère. Sinon...

Lizzie fixa ses chaussures d'un air gêné.

— Sinon, eh bien... il me restera toujours mes amis...

Cedar écarquilla les yeux et sa bouche s'étira en grinçant dans un sourire.

— Si le Square nécessite un petit coup de jardinage, tu peux compter sur notre aide, Lizzie !

Daring était débarrassé de son pelage gris. Un bleu lui barrait la joue, mais il sourit également à Lizzie de ses belles dents blanches. La princesse de Cœur posa alors comme au théâtre et déclama :

— Me voici de retour, Boreas, berger des vents, pour te contempler te tordre dans l'agonie !

Daring éclata d'un rire héroïque.

— Quelle bataille épique ! Les bardes chanteront mes exploits ! Ou peut-être Beyonfée... Tu connais ?

— Absolutalement pas ! déclara Lizzie d'un ton supérieur. Néanmoins, je m'empresserai de réparer cette lacune et d'écouter cette fâcheuse cacophonie, car tu es mon ami ! Et maintenant, un genou à terre !

À la vive stupéfaction de Cedar, Daring s'exécuta sans broncher. Par un effet inattendu du retournement de magie, le couteau à beurre avait grandi avec lui, accusant désormais la taille d'une épée. Lizzie s'en empara et lui toucha chaque épaule du plat de la lame en récitant :

— Je te fais Chevalier du Pays des Merveilles, sire Daring Charming. Héroïque, loyal et, quelque part au fond de toi, inéluctable petit animal gris.

Cedar chercha Raven du regard, afin de partager cet instant de complicité, et vit qu'elle fixait l'immense faille, au-dessus de leur tête, qui s'étendait d'un bout à l'autre du Grimmnasium. Le passage vers le Pays des Merveilles était totalement refermé, mais la balafre étincelait de lumière.

— À ton avis, c'est dangereux ? interrogea-t-elle Raven.

— Je ne crois pas. Mais une énergie magique s'en

dégage. Une sorte de picotement qui donne le frisson, comme si c'était sur le point de...

— Chers élèves !

La voix du directeur Grimm la coupa. Il venait d'entrer dans le Grimmnase, escorté de Baba Yaga et des professeurs revenus d'Expédition Venteuse.

— Notre sortilège de bannissement a eu raison du Jabberwocky ! annonça-t-il fièrement. Vous n'avez plus rien à craindre !

À ces mots, la balafre du portail enchanté se pinça comme deux lèvres fines... et *pof !* explosa ! Il n'y eut pas le moindre bruit, à peine un souffle de pissenlit semant ses graines duveteuses et scintillantes au gré du vent. Les vitres du lycée éclatèrent alors, et l'intense luminescence se propagea par le royaume tout entier, l'inondant jusqu'au village de Book End d'étincelles et de bâillements merveilleux...

— Oh, oh, le dodo s'en vient, constata Briar juste avant de s'écrouler sur le plancher.

Peu à peu, chacun s'endormit, dans le Grimmnasium, du professeur Tracassin à Duchess Swan. Seule Maddie resta éveillée envers et contre tout.

C'est sans doute à cause de ces litres de thé qu'elle ingurgite à longueur de journée, songea Cedar en sombrant à son tour dans un profond sommeil.

Elle demeura debout, aussi immobile qu'un arbre,

la poussière de lumière se déposant sur ses bras et son visage dans une douce sensation de chaleur qui fredonnerait une berceuse apaisante...

La lumière enchantée s'estompa. Cedar cligna des yeux. Elle semblait incapable de se rappeler pourquoi elle avait dormi dans le Grimmnasium en compagnie de ses camarades de classe.

Raven ouvrit les paupières, elle aussi. Elle se redressa sur les coudes et scruta la salle.

— Qu'est-ce qu'on fait ici ? interrogea-t-elle, intriguée.

— J'ai l'impression qu'il s'est passé quelque chose d'important, mais je n'arrive pas à m'en souvenir... déplora Cedar.

— Qu'on m'explique pourquoi j'ai fait la sieste sur le plancher du Grimmnase ! brailla Lizzie.

— Bienvenue dans mon monde, bâilla alors Briar.

— Ton monde ? Quel monde ?

— Un monde de siestes inopinées et de fêtes imprévues, Lizzie. Hé ! Et si on faisait une petite fête ? Tu peux venir, d'ailleurs. Enfin, je crois... On est amies, ou non ?

— Ça m'étonnerait, rétorqua la princesse de Cœur. Ma mère estime qu'une seule lettre sépare l'A-mi de l'N-mi.

Briar la dévisagea, interdite. Elle n'avait rien compris. Cupid, qui s'était assoupie au sommet d'un pilier, les rejoignit d'un coup d'aile.

— Quelqu'un sait comment on est arrivés là ? questionna-t-elle.

Cerise se frotta les paupières.

— Ben... on est rentrés d'expédition avant les autres classes, parce que mon père – le professeur Grand Méchant Loup, je veux dire – a signalé que quelque chose clochait dans la montagne. Cela avait rapport avec des ours enragés, je crois. Je ne me rappelle pas bien.

— Et ensuite ?

Dexter soupira.

— Aucune idée, Cupid. On s'est endormis. On a dû avoir une rude journée.

Debout devant eux, Maddie, les poings sur les hanches, n'en revenait pas.

— Vous êtes tous devenus maboules, ma parole ! On vient de vivre une formidable aventure ! On a sauvé Ever After High, dansé avec des chaises, vaincu des monstres hideux... et on a même peint des tableaux vivants !

— Tu as fait un chouette rêve, tu as de la chance, apprécia Raven.

— Mais mon cher papa, il est bien là, non ?!

Maddie montra le Chapelier Fou du doigt, à côté d'elle. Il agita la main. Cedar lui répondit de la même manière, espérant que ce geste de politesse ne serait pas pris de travers par un habitant du Pays des Merveilles... Les gens étaient si insensés, là-bas !

— Kitty, toi qui remarques tout et qui as une mémoire d'éléphant, dis-leur ! insista Maddie.

La fille du Chat du Cheshire se concentra.

— Eh bien, j'ai pas mal rêvé du... du Jab – non ! J'ai cauchemardé, j'ai terriblement cauchemardé !

Elle frémit, les cheveux ébouriffés. Puis elle ajouta, la mine penaude :

— Quoi qu'il en soit, ce n'était qu'un rêve, Maddie.

Celle-ci soupira, haussa les épaules et se tourna vers Cedar.

— Cedar Wood, ma chère petite rêveuse ! Raconte-nous ton rêve-qui-n'était-pas-un-rêve, je t'en prie !

Cedar ne se rappelait jamais ses rêves. Seulement les impressions, les émotions procurées. Et cette étrange sieste ne faisait pas exception à la règle. Il y avait de la peur, et de la confusion. De l'euphorie. Un espoir immense par rapport à quelque chose qu'elle souhaitait. Ou ne souhaitait pas. D'ailleurs, que souhaitait-elle *exactement* ? Elle palpa le bout de son index et chuchota :

— Je souhaite être de chair et d'os, mais je souhaite plus encore choisir ma voie.

Nul ne pouvait mettre en doute sa parole, Cedar étant incapable de mentir. Maddie ne répliqua pas. Le directeur Grimm se réveilla à son tour.

— Tiens ? s'étonna-t-il. Pourquoi le matériel est-il entassé dans un coin du Grimmnase comme s'il répétait la pyramide des pom-pom girls ?!

Après une multitude d'autres *pourquoi* et plus encore de *je n'en sais rien* (Maddie mise à part), on décida collectivement de se rendre à la Cafertaria pour manger un morceau. En chemin, on découvrit que tout était curieusement sens dessus dessous, au lycée. Comme si les meubles, les vêtements, les portes s'étaient amusés à se déplacer sur leurs propres pieds !

— Ce qui s'est précisément passé, souligna Maddie.

Le Narrateur ne confirma ni n'infirma. Exaspérée, Maddie entra la première dans la Cafertaria.

— Tout ceci est plus ridicul-ystérieux qu'un lapin dépourvu de poils ! fulmina-t-elle.

Dans le couloir, Cedar s'approcha de la princesse de Cœur.

— Il me semble que j'ai rêvé de toi...

Lizzie la considéra de son œil maquillé d'un gros cœur délayé.

— Je suis la princesse du Pays des Merveilles, rétorqua-t-elle. Beaucoup rêvent de moi !

Puis, dans un reniflement embarrassé :

— Il me semble que j'ai rêvé de toi également.

— Et tu voudrais qu'on mange ensemble ? proposa alors la jeune fille de bois.

Lizzie ne s'embêta pas à répondre. Mais elle ralentit l'allure, elle toujours si alerte, afin de marcher au rythme de Cedar et de pénétrer avec elle dans la cantine.

— C'est drôle, j'ai eu le réflexe de vérifier que la porte ne risquait pas de nous avaler, confia brusquement Cedar.

Devant le silence de Lizzie, elle se mordit les lèvres, craignant d'avoir dit une bêtise... lorsque la princesse de Cœur s'écria :

— Je raffole des hérissons !

Cedar devina qu'elle tentait d'entamer la conversation.

— Oui, moi aussi ! s'empressa-t-elle de renchérir.

CHAPITRE 26

AMIS PAR MÉGARDE

LE MATIN DU TRÔNATHLON SE LEVA, NIMBÉ d'un soleil de feu aussi éclatant que les coquelicots poussant au pied de l'arc-en-ciel. Les élèves d'Ever After High s'étaient rassemblés à l'orée du Square des Merveilles, habillés en sprinteurs, cyclistes, nageurs et jardiniers. On bavardait à qui mieux mieux, chacun commentant l'ignoble saccage du havre de Lizzie. Les plantes flétries, les fleurs carbonisées, la pelouse lacérée de coups de griffe, les arbres déracinés... Le seul buisson de Baies Changeantes ayant survécu au massacre attirait tous les regards, ses sublimes fruits alternant sans cesse le vert, le bleu nuit, le jaune, le rose aile-de-papillon.

— Votre attention, je vous prie ! réclama soudain Apple White.

Elle portait un pantacourt blanc, un tee-shirt rouge aux armes du lycée et des gants de jardinier brodés d'or. Elle poursuivit :

— Le Square est à la fois le point de départ et le point d'arrivée du Trônathlon. Les coureurs rejoindront le lac, passeront le parchemin-relais aux nageurs qui le passeront aux cyclistes, lesquels boucleront l'étape ici même, où nous consacrerons ensuite notre après-midi à la réfection du merveilleux jardin de Lizzie. En tant que sponsor de notre rencontre sportive, la Pantoufle de Vair nous a gracieusement fourni l'outillage nécessaire.

— En apprenant la détresse de Lizzie, les propriétaires de la boutique ont tenu à lui témoigner leur soutien, souligna Ashlynn, qui travaillait pour eux en dehors des heures de cours.

Un essaim de follets de la Forêt Enchantée virevoltaient autour d'elle, tous impatients d'apporter leur minuscule contribution à la princesse de Cœur.

— Trop charmant ! minauda Apple. Lizzie nous expliquera comment replanter les arbres et récupérer des graines, des pousses et de jeunes pieds afin de remplacer la végétation morte.

Lizzie se tenait à la tête de la foule des lycéens, majestueuse, sceptre à la main, menton relevé. Elle paraissait stoïque mais, au fond d'elle, son cœur saignait. Son fantastique Square, détruit ! Une créature avait dû attaquer Ever After High durant leur mystérieuse sieste au Grimmnasium, bien que, en dehors de quelques vêtements déchirés et de meubles déplacés, les uniques dommages se trouvent ici, dans son jardin...

Cedar lui passa un bras réconfortant autour des épaules.

— Tu peux compter sur notre aide, Lizzie !

Celle-ci tiqua. Elle avait déjà entendu ça, mais quand ?

— Qu'on te coupe la tête, répondit-elle sur un ton de remerciement.

— Allez, il est temps d'entamer les festivités ! s'écria alors Briar. Athlètes, à vos marques ! Hé, Lizzie ! Tu veux donner le départ de la course avec moi ? J'ai bricolé un lance-spray pailleté !

La lèvre supérieure de Lizzie trembla. Difficile de garder une attitude royale dans ces conditions... Elle avait vraiment supra envie d'utiliser le lance-spray pailleté ! Mais une future reine pouvait-elle se le permettre ?

— Qu'on te coup...

— Oh, c'est bon, aide-moi et qu'on n'en parle plus ! l'interrompit gaiement Briar.

Et Lizzie plaça le spray pailleté dans la catapulte.

— À toi l'honneur, Briar. On ne sait jamais, ça peut éclater trop tôt...

— Bof, ON NE VIT QU'IL ÉTAIT UNE FOIS ! s'esclaffa Briar.

Sur quoi, elle actionna le levier de sa catapulte. Le spray pailleté fut projeté haut dans le ciel du matin, où il explosa en un million de paillettes scintillantes.

— Ooooh ! s'extasia tout le monde.

Et les sprinteurs prirent le départ de la course.

— Abracool, ça a marché ! rit Briar. Ils ont tous adoré !

— Il en faut peu pour les impressionner, dit Lizzie avec dédain.

Puis, empoignant un autre spray pailleté :

— On recommence, Briar ?

— Ah ! Ah ! Les as de la catapulte en action !

Elles se cognèrent les poings avec complicité et Lizzie, réalisant subitement ce qu'elle venait de faire, cacha vite sa main dans son dos. Elle devait se montrer plus prudente, ou elle risquait fort de devenir amie par mégarde, un de ces jours... surtout avec Briar : son Navire de l'Amitié comptait tellement de passagers qu'il ne demandait qu'à couler à pic ! D'ailleurs, la Reine de Cœur avait un avis bien tranché sur le sujet. Mais elle faisait tout de même une exception pour les pirates... et Lizzie se prit à espérer.

— À propos, Briar... Envisagerais-tu de commander un bateau et d'aborder les autres pour les piller ?

— Tu veux dire comme un pirate ?

— Exactement, acquiesça Lizzie. Je me sentirais bien plus à l'aise avec toi si tu étais un pirate.

Briar réfléchit à la question, et tomba aussitôt endormie sur le sol.

— Saperlotte, Lizzie Hearts ! Aurais-tu assassiné Briar Beauty ?!

Daring Charming venait de surgir devant elle et la salua dans les formes. Il accueillit sa requête de piraterie avec une telle ardeur que Lizzie n'en douta pas un instant : sa mère ne désapprouverait pas son amitié avec lui.

— Mais tu ne devrais pas être en train de participer à la course, Daring ? s'étonna-t-elle subitement.

— Inutile de se presser ! répliqua-t-il dans un clin d'œil charmeur. Je gagne toujours. Même quand je perds. Hissez les voiles, matelots !

Un carrosse tiré par une licorne conduisit les nageurs au bord du lac. Cedar gagna sa place, sur le rivage. L'eau était si calme et si limpide qu'on y devinait encore le sillage récent d'une sirène. Les nageurs s'échauffaient, s'étirant les muscles. Cedar, qui n'avait pas besoin de tels exercices, les imita cependant afin de ne pas paraître trop « différente ».

— Bonne chance, Cedar ! souhaita Poppy O'Hair en s'installant à sa gauche, son immense chevelure dissimulée sous un bonnet de bain bleu.

— À toi aussi, Poppy ! Tu es l'une des personnes les plus gentilles que je connaisse !

— Waouh, merci ! D'habitude, quand les gens me complimentent, je me méfie. Mais avec toi, au moins, on est certains que tu dis la vérité !

— Bonjour, lady Wood ! coassa Hopper Croakington II en se plaçant pour sa part à la droite de Cedar.

Il participait sous son apparence de grenouille, mais si jamais il se retransformait en humain au milieu du lac ? Cedar grimaça. Elle avait beau espérer de tout son cœur devenir une vraie fille, elle ne voulait surtout pas que cela se produise en pleine épreuve de natation !

Elle réalisa alors qu'elle frottait nerveusement la fine rayure qui était apparue au bout de son index, après la mystérieuse sieste au Grimmnasium. On aurait dit une cicatrice, comme une vieille coupure. Sauf qu'elle était en bois, pas de chair et d'os. Contrariée, elle serra le poing pour cacher cette preuve supplémentaire de sa différence...

— Un problème, Cedar ?

Raven, pieds nus, en maillot noir et violet, se présenta sur le rivage. Duchess Swan ayant déclaré forfait à la dernière minute, Raven s'était portée volontaire pour dépanner son équipe.

— J'en ai marre, d'être bizarre, laissa échapper Cedar. Je voudrais être normale.

— Normale ? répéta Raven. Mais personne n'est normal ! Regarde-moi : je suis la fille de la Méchante Reine, qui a anéanti les contes de fées. Et la moitié du lycée considère que je suis encore pire qu'elle, parce que je refuse d'être comme elle !

— Apple est...

— Parfaite, oui, je sais. Et tu ne trouves pas ça bizarroïde, justement ?! Elle ne transpire jamais. Sans compter ces tas d'oiseaux adorateurs qui la picorent tout le temps sans la blesser !

Cedar persista :

— D'accord, mais les autres...

— Un régal ! ironisa Raven. Hopper se métamorphose en grenouille s'il se noue la langue. Briar veut tellement profiter de chaque seconde de sa vie avant de sombrer dans un profond sommeil de cent ans qu'elle reste debout toutes les nuits et s'endort n'importe où la journée. Les cheveux de Holly et de Poppy poussent d'au moins six mètres par jour. Cerise n'ôte jamais son chaperon rouge. Ashlynn ne fait qu'une avec la nature et les animaux, mais lorsque tu agites une nouvelle paire de chaussures sous son nez, elle devient brusquement la plus futile des filles. Chaque fois que Hunter prend la pose, un chœur de trompettes invisibles résonne. Pourquoi ? Qui joue ? Et je ne te parle même pas de Maddie... Alors, OK, tu es en bois et tu ne peux pas mentir. La belle affaire !

Cedar regarda autour d'elle en pouffant.

— J'imagine que je trouvais les bizarreries des autres plus normales que la mienne... Je me sens si différente !

— On se sent tous différents, affirma Raven. Et Bonne Fée merci, nous le sommes ! La vie serait d'un ennui mortel, sinon. Elle serait *en toc* !

— Tu as raison ! La différence, c'est ce qui rend les choses réelles. Et je suis différente !

À cet instant, les spectateurs du Trônathlon acclamèrent les sprinteurs, sur le chemin.

— Ça y est, les voilà ! lança Raven. Tenons-nous

prêtes à plonger ! Ou plutôt *toi*, Cedar... Cerise court pour ton équipe, elle arrivera forcément la premi...

— Place ! Place ! s'égosilla Cerise, largement en tête de peloton.

D'instinct, Cedar voulut inspirer une bonne goulée d'air avant de sauter à l'eau. Ce qui paraissait stupide au possible, une marionnette n'ayant pas de poumons. Pourtant, elle s'imagina inspirer à fond et le ressentit comme pour de vrai... Elle en riait de contentement, quand Cerise, hors d'haleine, lui passa le parchemin-relais.

— Un problème, Cedar ?

— Non, aucun problème ! répondit joyeusement la marionnette en plongeant.

Elle ne mentait pas.

Un merveilleux ÉPILOGUE

MADELINE HATTER PLANTAIT DES BULBES de Mervhodendrons dans la riche terre sombre du Square des Merveilles. Les élèves du lycée étaient tous là, y compris les athlètes du Trônathlon. Maddie allait demander à Cedar de secouer ses cheveux mouillés au-dessus des plants pour les arroser, lorsqu'une voix inconnue la surprit.

Quelle voix, Narrateur ? Votre voix m'est parfaitement familière, au contraire. Je danse même sur les pointes de bonheur en l'entendant raconter de façon si intelligible !

Madeline Hatter, je suis la Raconteuse en Chef, et je...

Oh, cette voix. En effet, elle m'est inconnue... Quel sérieux ! Je suis désolée si ça me fait rire, mais ce genre de gravi-thé me chatouille toujours les côtes, ce qui me donne le hoquet. Ça me rappelle cette famille de cochons d'Inde, que je fréquentais autrefois, au Pays des Merveilles. Ils étaient tellement sérieux, les pauvres ! Monsieur toujours en costume-cravate et madame en chignon et chaussures à lacets. Ils se baladaient en grommelant à tout bout de champ à propos de la « baisse des actions » et de « dans quel monde vit-on ? ».

Madeline Hatter, un peu d'attention. Il s'agit de quelque chose d'extrêmement sérieux, justement. Certaines règles sacrées de la narration ont été bafouées, et...

Oh non ! Ne blâmez pas mon Narrateur bout-de-chou ! Il a fait de son mieux dans une situation épouvant-ifique ! On a même couru un grave danger ! Et, oui, je l'avoue, c'était du sérieux. Mais rassurez-vous, je suis la seule à me souvenir de ce qui s'est passé !

Il va de soi que l'on ne peut reprocher à votre Narrateur d'avoir été totalement embrouillé par la magie du Jabberwocky. Je voulais plutôt vous parler de...

Alors, c'est à moi, que vous en voulez ? Nom d'une chauve-souris étoilée ! Je vous en prie, ne me bannissez pas ! Je l'admets, je n'ai pas respecté toutes les règles de la narration. Parfois, j'ai employé le « je ». Et pour me débarrasser du Jabberwocky, j'ai narré exprès ce qui ne se passait pas pour que cela se passe. Et ça, je sais que c'est vraiment in-ter-dit. Je me suis laissé distraire, aussi, en parlant plus de moi que de Lizzie, ou de Cedar. Mais je n'essayais pas de prendre la place du héros de l'histoire, je vous le promets ! Moi, je tiens le rôle de l'amie excentrique. La copine sympa. La petite touche d'humour salvatrice. Mais tout ce qui arrivait était si angoissant et si alambiqué ! J'avais l'impression de porter en permanence une casquette-à-idées supra trop étroite, et pas seulement sur la tête, hein !

Madeline Hatter...

Il faut m'excuser, je vous assure. Je ne marcherai plus jamais sur les pieds invisibles du Narrateur. Je resterai bien sagement en retrait. Je ne jetterai même pas un coup d'œil. Et pour toujours et à jamais, je n'envisagerai pas d'être une héroïne.

Est-elle tout le temps comme ça ?

Tout le temps.

Narrateur ! Vous êtes censé me soutenir !

C'est ce que je fais, Maddie, crois-moi. Et je le ferai pour toujours et à jamais. Je suis officiellement le fan numéro un de Madeline Hatter. Maintenant, écoute un instant, s'il te plaît. La Raconteuse en Chef n'est fâchée ni après toi ni après moi. Elle est plutôt... impressionnée, je dirais. Et reconnaissante. Et...

Abasourdie.

Bon, abasourdie, soit. Mais reconnaissante, aussi. Tout ceci *est* sérieux, Maddie ! Sérieusement exaltant ! Car nous avons quelque chose pour toi.

Hum. Madeline Hatter, vous êtes le premier non-Narrateur de toute l'histoire de la narration à recevoir aujourd'hui l'une de nos récompenses les plus honorifiques.

Bien que vous ne puissiez le voir, je viens d'épingler à votre col le prestigieux Glyphe d'Or de notre ordre, une médaille couronnant la bravoure, la présence d'esprit, et de remarquables compétences narratives.

Que le grand cric me croque ! Pour de vrai ?! Oh là là, c'est superlifique ! Si je le pouvais, je vous serrerais fort contre mon cœur !

Si vous n'y voyez pas d'inconvénient, Raconteuse en Chef, j'aimerais narrer la Fin de cette histoire...

Faites, Narrateur !

Et voici ce qui arriva par la suite. *Hum.*

Les gens avaient l'habitude de voir Madeline Hatter parler toute seule. Ses amis ne s'émurent donc pas de l'étrange conversation à une voix qu'elle venait de tenir sous leurs yeux.

Cependant, quelque chose d'extraordinaire se produisit alors : une petite brise agita soudain les cheveux de Maddie. Personne d'autre dans le Square ne sentait le moindre souffle, mais les mèches lavande et vert menthe de Maddie se mirent pourtant à flotter délicatement autour de sa tête. Sa jupe enfla, son chapeau bascula... et la fille du Chapelier Fou s'envola.

Le vent tourbillonnait autour d'elle, l'emportant sur un tapis moelleux de volutes d'air frais, au confort incomparable d'un doux édredon.

En réalité, les Narrateurs de l'univers, elle-même incluse, la saluaient ainsi des vingt et un coups de chapitre traditionnels, le frénétique battement de pages d'une multitude de livres invisibles créant ce souffle de vent qui la soulevait haut, haut dans le ciel. Ses amis contemplaient la scène, sidérés, conscients de l'extrême solennité du moment.

— Tu vas bien, Maddie ? s'inquiéta Cupid en la rejoignant à tire-d'aile.

— Si je vais bien ? Mais je plaaaaaane ! s'esclaffa-t-elle en pirouettant et cabriolant dans les airs.

Pas un lycéen ne se rappelait exactement ce qui s'était passé à Ever After High. Mais tous savaient au moins une chose : il s'agissait d'un événement mystérieux, d'une importance majeure, auquel Maddie avait pris part. Leur Madeline Hatter, plus absolument merveillationnelle que jamais.

Merci, Narrateur. Je me suis supra amusée !

Non, merci à toi, Madeline Hatter. Puisses-tu vivre une Fin À Jamais Heureuse !

REMERCIEMENTS

Ever After est comme mon deuxième foyer, dorénavant. (Hé, Narrateur ! je ne verrais pas d'inconvénient à y passer les vacances d'été, si possible.) Mille mercis aux architectes d'Ever After High, et à leurs assistants, de chez Mattel : Cindy Ledermann, Lara Dalian, Julia Phelps, Christine Kim, Robert Rudman, Nicole Corse, Audu Paden, et Venetia Davie. Mille mercis aussi à la rayonnante équipe de la branche Jeunesse de Little Brown Books, dont Erin Stein, Connie Hsu, Andrew Smith, Melanie Chang, Victoria Stapleton, Christine Ma, Christina Quintero, Tim Hall, Mara Lander, Jenn Corcoran, et Jonathan Lopes. Une salve d'applaudissements pour Barry Goldblatt, le chevalier à l'armure scintillante.

Quant à Dean Hale, mon frabieux mari rassembleur d'idées, impliqué dans cet ouvrage de manière totalement merveillationnelle : tu es de la race des meilleurs dingo-déglinguos. Merci, merci enfin aux autres dingo-déglinguos de ma vie : Dinah, Maggie, Max et Wren, dont la Merveillance anime mes histoires.

Ce roman vous a plu ?
Vous voulez en savoir plus sur les élèves,
qu'ils soient Royals ou Rebels ?
Ne manquez pas les prochains tomes de la série

Ever After High™

Pour savoir quand ces titres seront
disponibles, inscrivez-vous
gratuitement à la newsletter du site :

LECTURE academy.com

hachette s'engage pour l'environnement en réduisant l'empreinte carbone de ses livres. Celle de cet exemplaire est de :
900 g éq. CO_2
Rendez-vous sur www.hachette-durable.fr

PAPIER À BASE DE FIBRES CERTIFIÉES

« Pour l'éditeur, le principe est d'utiliser des papiers composés de fibres naturelles, renouvelables, recyclables et fabriquées à partir de bois issus de forêts qui adoptent un système d'aménagement durable. En outre, l'éditeur attend de ses fournisseurs de papier qu'ils s'inscrivent dans une démarche de certification environnementale reconnue. »

Composition Nord Compo
Imprimé en Espagne par Unigraf
Édition 01 – Dépôt légal : octobre 2014
74.2224.5 – ISBN 978-2-01-000832-0

Dépôt légal : 1re publication : octobre 2014
Loi n° 49-956 du 16 juillet 1949
sur les publications destinées à la jeunesse.